JN319803

かかとを失くして
三人関係
文字移植

tawada yōko

多和田葉子

講談社文芸文庫

目次

かかとを失くして　三人関係　文字移植

かかとを失くして

九時十七分着の夜行列車が中央駅に止まると、車体が傾いていたのか、それともプラットホームが傾いていたのか、私は列車から降りようとした時、けつまずいて放り出され先にとんでいった旅行鞄の上にうつぶせに倒れてしまった。背後で男の声がしたが、それが私が押したんじゃありませんよ、という意味なのか、それとも、押したのは私じゃありませんよという意味なのか、わからなかった。それより、腹の下の鞄の中で卵のつぶれる音がしたのが気になって開けてみると、ゆで卵は三つとも無事で、後は、着替えと分厚い帳面が三冊と万年筆しか入っていないので、なぜそんな音がしたのか、いったい何がつぶれたのか見当もつかなかった。とにかくまるで郵便物をいれた麻袋がプラットホームに投げ出されるように、私はそこに投げ出されたので、立ち上がって、体にくっついてきた汚れをはらいのけて髪の毛を手で整えてもまだ、自分が郵便物になってしまったような感じははらいのけられなかった。目の前には見たこともないほど巨大な広告板があり、つなぎのズボンをはいた大男が体に似合わず細い指先で、古い広告を剝がしていた。広告には青いタイツをはいた女の写真が使われていて、大男がその女のおなかの部分を剝がすとその下には朝食の卵立てと紅茶ポットの写真が現れ、さらにその横にはもうひとつ下の層にある鯨の絵が見えていた。男は剝がしやすいところだけ適当に剝がすと、鞄からきれいに折り畳んだ広告紙を出し、バケツの中の糊を刷毛でさっと広告板の左下の一画に塗って、紙を貼り、その隣の一画にまた糊を塗って、紙を一面ひらき、貼って、という具合に、順々に開いては貼っていった。私は、子供の時からのくせで、男の巧みな手作業を見ていると視線が指先に吸い付けられ体がその手の動きの中に飲み込まれていってしまいそうになるのだった。その時、背後を通り過ぎる男の声が、ああいうことは隠していてもすぐにみんなにわかってしまうんだよ、と意地悪そうに言っているのが耳に飛び込んできて、私は自分のことを言われたように驚いて、まわりを見回したが、人波が次々過ぎていくだけで、誰が言ったのかわからなかった。駅は天井が教会のように高いので、どの声もすぐ上昇し天井に反響して、頭上ではいくつもの声が混ざりあって羽音のように渦巻いていた。天井も傾いているようだが、地上に目をもどすと、やっぱり地盤も傾いているらしいと思えたのは、どの人も前につまずくようにして歩いているからで、それでも誰も地面を見ようとはせず、前方の遠くをにらんで歩いていた。また上を見ると駅の建物は巨大なあばら骨型のドームで、鯨の体内を思わせ、かなり上の方をきらきらと舞っているものがあったが、それが蝶なのか小鳥なのか埃に反射する電光なのかはわからず、私は上を向いていると目まいがしてくるので、やっぱり上を見るのはやめて、地面をしっかり見つめて行こうと思ったのだが、なにしろその地面が傾いているので、これも見つめていると目まいがしてきて、結局自分の鞄につかまるようにその場に立ちつくした。鞄の中の帳面は角ばって、いやに大きく感じられた。むかし子供っぽい空想に駆られて、これとそっくりの帳面に私は、世界旅行の物語を書いたことがあったが、今は帳面は白紙で私自身が遠い国に来てしまったのだから、自分の小説に養女にもらわれたようなものだ。この町には私のこれまでにした事を、どんな小さい事でもいいから知っている人がひとりもいないのでこれまでの私は仮に死んでしまったようなもの、死人のままでしたり顔で、あるいは生まれたばかりの赤ん坊のように謙虚な自己中心主義者として私はもらわれていくらしい。もぎたての果物と言えば、新鮮な感じがするが、それは、むしり取られてからあまり時間がたっていない死んだ果物、つまり新鮮な死体というのと同じことになるからそれと似ていないこともない。赤帽が一人トランクをふたつ下げて、機械的な足取りで目の前を通り抜けていき、列車の行き先表示板がまばたきして別の町名が現れると、私はその町の名を読まないようにあわててその場を離れ、駅を出て町に入っていった。

駅前の通りから脇道に入ると、人と車の群れは消えて、眉間にしわのある子供たちが数人、道路にべったり尻をつけて座ってチョークで輪を描いていたのが、私を見るといっせいに、笑い始めた。歯の処々欠けた口がいくつも並び、汗と果物の甘い汁が混ざったにおいがして、私は立ち止まって彼等をしばらく見ていたが、ふと振り返ると、後に女の子が一人しゃがんで、私のかかとに触ろうとしていた。私は傷口でも庇うようにさっと足を引いて女の子をにらむと女の子は顔をわざと醜くゆがめ、他の子供たちは笑い声を高めた。私がその場を立ち去ろうとして、数歩後にまた振り返ると、男の子が一人しゃがんでずるそうに私のかかとを見つめていた。何が欲しいの、ときびしく言ってしまった後で、私はしつこい土産物屋に対する旅行者のような自分の口調を後悔したが、子供たちには私の言った言葉の意味がわからなかったらしく、答えるかわりに歌を歌い出した。その歌詞は、旅のイカさん、かかと見せておくれ、かかとがなけりゃ寝床にゃ上がれんとも聞こえたが、本当は私にはよく理解できなかった。さっき駅で誰かが、ああいうことは隠していてもすぐにみんなにわかってしまう、と言っていたのを思い出し不安になって、また鞄を胸に抱きしめた。私には何も隠すことはなかったが、何か私にとって不利な事があって、それが私自身に何なのかわからないので、みんなに笑われるのかも知れず、そもそも駅でなぜ旅券審査と税関がなかったのか、そこには何か意地の悪い意図が隠されているのではないか、とそんなことまで気になってきた。訊かれれば喜んで、私は中央郵便局通りの十七番のうちに行くのだと答えたのに、訊かれなかったので答える機会がなく、結局私の予定を知っている人間はまだ誰もこの町にいないことになり、そうなると、この予定も私一人で作り上げた空想なのか、信頼できる約束なのかはっきりしなくなってしまった。もしもポケットにあの書類がなかったら本当に心細くなっていたことと思う。

町には、ほとんど人が出歩いていなかったので道を訊くこともできず、地図の中でまず通りを捜し、それから目の前の通りを捜さなければならなかった。こんな風になんでも二度ずつ、紙の上と空気の中で捜すのでは面倒臭いと思うが、これがこの町の流儀なら仕方がないし、第一、道に人がいないのだから、ひとりで捜せるような方法を取るしかない。道がないのに人があふれている光景は、何度も見たことがあるが、道があるのに人がいないのは初めてだった。中央郵便局通りはすぐに見つかったが十七番のうちの前には人影はなく、窓のカーテンはみんな閉ざされていて、石造りのロケット型の門についたベルを鳴らしても返事はなかった。それですぐ駅前通りの方へ戻ることにしたのは、ここに住むのをあきらめたからではなく、後でまた来てみるつもりだったのだ。私は物事をあきらめるのに慣れていなかった、というのは、どこかの建物に入ろうとしたり誰かに会おうと努力したことがまだ一度もなく、気がつくといつの間にかどこへでも入っていて会いたい人はまわりにいつもいたので、がっかりするとか、挫折するというのは、どういう風にするのかわからなかった。それに加えて、いつも人に頼っていたので、自分のお金を持ち歩く習慣がなく、今も空腹を癒す食物を捜して駅前へ出たのにお金がなく、せめて味見に差し出されるものにでもありつきたいと思ったが、味見の習慣は全くないらしく、料理屋の飾り窓にはタイプライターで打った献立表が画鋲で留めてあるだけでドアはみんなしまってい て料理のにおいもしなかった。よく見ると、献立表には時刻らしい数字も書いてあり、もしかしたら町の食事の時間というのが決まっていて、それ以外の時間は料理屋は閉まっているのかもしれなかった。前方の曲がり角に立って太った白い猫がこちらをうかがってい るので、近付いていくと、猫はしばらく私をにらんでいたがそのうち回れ右して路地に入っていき、ごみ箱の間を巧みにすりぬけて、太っているのにひょいひょいと軽い足取りでどこかへ急ぎ、後をつけていく私の方は、猫というものが目的を頭に描いて歩いていく動物なのか、それとも気ままに歩いて偶然に獲物を見つける動物なのか、また目的が頭の中にあるとしたらそれは言葉なのか映像なのかにおいなのかそれさえ知らず、それでも平気でついていったのは、私自身の目的がはっきりしていなかったので、つい猫の自信に満ちた足取りに信頼を寄せてしまったせいかもしれない。

家庭教師に誘惑されて子供ができ、それをおろしにこの町に来て以来、すっかり住み着いてしまったのだ、と首の太い美しい女が言うと、それに答えて、昨日から子供がおたふく風邪で寝ている、ともう一人の女が言った。少なくとも私には、そういう意味に取れた。二人は同じ柄のカーディガンを着ていたので、顔は似ていなかったが同じ国から来ているのかもしれなかった。二人とも軽食スタンドの前で何かの焼けるのを待って立ち話をしていて、私が斜め後ろに立っていることに気がつくと口を閉ざし、おもしろそうに私を眺めたが、かかとを見ようとはしなかった。スタンドの奥からときどき鋭い視線を飛ばしている店の主人は女たちと知り合いなのか、二人の話に平気で口を出し、動きが早いので顔を見極めることはできなかったが、私は自分が見られたのを感じ、また香ばしいかおりに引かれて数歩近づいたものの、お金のないのを思い出して、立ち去ろうとすると、男はスタンドの中から手招きし、二人の女も私にいっしょに食べるよう身振りでしきりと合図している。私が言葉がわからないと思っているらしいが、わからないのは向こうの方で、私がお金がない、と言っても何も反応せず同じ身振りを繰り返していた。私はまたスタンドに近づいていって、男の差し出した真っ黒などろどろのソースの中の白い身を見つめていると、女たちが身振りで食べるよう勧め、その勢いに押されて、ずるずるとソースをすすると初めは墨の味がして、それから少しすっぱくなって食道から胃袋へ暖かいものが流れ落ち広がり、急に目の前のスタンドが緑色に塗ってあることや、空が黄色っぽいことが見えてきた。空腹は視力を衰えさせ聴力を鋭くすると言うが、満腹になると逆にまたおしゃべりを始めた女たちの話声が遠ざかり聞き取れなくなり、女たちの顔の皮膚にある虫さされの跡や吹き出物ばかりが大きく見え始めた。感謝の気持ちから、私はスタンドの後ろへ回り、男の仕事を手伝うことにし、初めは断ろうとした男もやっと聞き入れて、私にイカの耳をむしるようにと言った。初めは簡単そうに思えてもこれは大仕事で、耳の先だけつまんで引っ張ると皮がつるんと抜けて耳の骨だけが残ってしまうし、根本を摑むと硬くてなかなか抜けず、ぐずぐずしていると肉が暖まって半透明になりとろけてしまう。勢いよく一息で引き抜けばいいのだが、そうすると絹を引き裂いたような音がして私にはそれがイカの悲鳴に聞こえて、吐きそうになるのだった。耳のない品種のイカを仕入れれば簡単なのに、と思うがひょっとして男はこの町の人間ではないので不利なイカを摑まされてしまうのだろうか、それとも教育がないからイカには耳があると言われれば信じてしまい、そういう、いないはずのイカを買わされてしまうのだろうか。もしも男が動物学者ならば、耳つきの新種のイカを届け出て自分の名前をラテン語風にしてつけることもできただろうが、なにしろ学者の研究室になど入れてもらえないような人間にかぎって図鑑に載りそこなったような動物といっしょに生きていかなければならないのは、どこの国でも同じらしい。私は男のかかとに目をやり、あわてて目をそらし次のイカを力まかせに引っ張ったが、耳はちぎれなかった。餌を捜して泳ぐ時には足を前にひらめかせながら泳ぎ、逃げる時には頭を先にして泳ぐというこの軟体動物は、かかとのない十本の足で上下左右に自由に水を蹴る。私もかかとが本当にないなら、後ろ向きにも歩けるはずだし、正直言うとその方がいいと思うのだが、そんな説をふりまけば本当にかかとがないのだと思われてしまうだろう。何杯くらい耳をむしっただろう、もう帰ったほうがいいと男が言うので、私は鞄を胸に抱いて、また中央郵便局通りの十七番地のうちへもどっていった。今度も石造りの門についたベルを鳴らしても返事はなく、三度目にベルを鳴らしてから待っていると、一番左の窓のカーテンが細く開いて、誰かが中から覗いているのが分かった。私は大きく頭上で手を振って、それが私だということを、初めて会う男に知らせようとしたが、カーテンはまたしまってしまい、ドアもあかず、私はポケットから書類を出して、それを、彼が見ているのかもわからぬまま、頭上で振ってみた。が、反応はなく、他にしようがなかったので、勝手に門扉を開けて前庭を通り、ドアの前の石段に腰をおろした。庭のバラ科の植物たちは、座って見上げると大きく揺れて、その背後の空は少し暗くなり始めていたが、それから長い時間がたっても夜は訪れず、黄昏ばかりがいやに長引く町に来たものだ、と思っているうちやがて私はうたたねしたらしく、目が覚めるとあたりは真っ暗で、驚いたことにドアが少し開いていた。誰もいなかった。開けると中はうっすらと照らされ、よく磨かれた木の廊下の両側にドアがいくつも並んでいてどのドアも少しずつ開いていた。私は、外へ続くドアを開けっ放しにしたまま、中へ入っていったが、廊下の木がきしむので止まってしまった。私はこれまで歩く時に足音をたてたことなどないのに、ここでは、どんなに注意深く一歩を踏み出しても、廊下がきしみ、イカの悲鳴を思い出させ、ところが不思議なことに、あのスタンドの男と彼の仕事のことを思い出すと恐いという気持ちが消えて、手前のドアから次々開けて、中を覗いてみた。映画でしか見たことのないような奇妙な家具が置かれた部屋ばかりで、スイッチをひねると頭上の巨大なシャンデリアがついたが、どんなに明るくても、生き物はネズミ一匹見当らず、そのうち一番奥に来ると、二階へ続く階段の横にタイル張りの台所があったので、二階に行く前に何か食べておきたいと思った。もちろん初めて来た家で勝手に冷蔵庫を開けるのはどこの国でも非常識だが、私は法律で許されている正式の書類結婚をしてこのうちに来たのだから、まだ夫の顔は見ていないけれど、向こうは私の写真を十枚も持っているのだし、その中には水着すがたの写真まであるのだからもう二人はすっかり知り合ったも同様、私は正式の妻、台所にあるものはみんな食べつくす権利があり、もし食べてほしくないのなら、ここに来て怒ればいい。結婚したのに姿も見せずに隠れているなんて、私を恐がる理由なんてないのに、ひょっとしたら何かゲームのようなものを楽しんでいるのかもしれず、また私を驚かすつもりかもしれず、私はひとまずその問題は脇へ押しやって、冷蔵庫を開けると、見たこともないような乳製品がたくさん入っていて、牛乳のどろどろしてすっぱいのや、ヨーグルトの甘くないのや、白いチーズ、青いカビの入ったチーズ、米粒そっくりのチーズ、食べ始めると取り憑かれたようになり、夫のことなどどうでもよくなった。夫なんて結婚の一部に過ぎず本当にこの家に住めて、毎日乳製品を食べ、書類に書いてあるように好きな学校に行けるのなら、夫なんてどんな人でもいいと思いながら、最後のチーズを口にいれ、立ち上がって振り返ると台所のドアの隙間から、ふたつの目玉が覗いていた。私が立ち上がり、ドアを開けるために近づいて行くと、目玉の持ち主はさっと顔を引っ込め廊下を走って逃げていった。私に猫のような狩猟本能があるとは思えないが、その時は思わず後を追い、階段を駆け上がり二階に上がったが、相手は黒いドアの部屋に駆け込んでドアを中から閉めてしまった。私はドアをノックしたが、こういう状況の時、この町の人は何と叫ぶのか分からないので黙ってただドアを叩くだけだった。そのうち手が痛くなり、私にはどうしても夫を今日、見なければならない理由はないので、歯を磨いて一人寝ることにした。黒いドアの部屋のとなりには、ベッドのある部屋があったのでそこに入って洋服ダンスを開けてみると女用の寝巻きが十七枚入っていて、大きさ順に左から並んでいた。一番小さいのが私にぴったりで、もしまた少し背が伸びたら二番目を着るようにと夫は考えたのか、私の大きさがわからなかったのか、それともこれまで十六回も私より大きい女の人と離婚したのか、考えてもわからなかった。部屋には小さな洗面コーナーもついていて寝巻きと全く同じ桃色の歯ブラシが一本だけあった。

目が覚めると、枕もとの小さいテーブルに紅茶用のきゅうすと茶碗が置いてあり、きゅうすの口から湯気が立ち、茶碗の下にはお札が一枚置いてあった。寝ている間に夫が部屋に入ってきたことになるが、それを夢の中で見たのを思い出した。夢の中で夫は自分が年を取っているのを苦にし、私に顔を見られないように顔を両手で隠して、目だけを光らせ、確かに目の玉は年が見えない唯一の場所らしかったが、体を折り曲げ苦しそうに息をして、私の若さがうらやましいと夫が繰り返す度に私は自分がひとつずつ若くなっていくようで、それはひどく辛い作業だった。年をとっていくのは自然だが、若くなっていくのは、頭をかじられていくようで、私は泣きながら、それならなぜ私より大きい寝巻きを揃えておいたのか、こんな風にどんどん小さくなるのでは着られる寝巻きがなくなるではないか、と夫をなじると、夫ははっとして、私がこんなにうまく口答えできたのがくやしいのか不自然に大きな声で笑い、それでもやっぱり嬉しいのか、おまえは頭がいいからあしたから町で一番いい学校へ行くがいい、と言った。こんな夢を見たので、私はすぐにでも学校へ行きたくなり、紅茶を飲みながら、どうやって学校を捜そうかと窓の外を見ると雨が石畳を平手で打つように降っていて、とりあえず傘を捜さなければ、学校も捜せないのだが、夫さえ捜せば両方ともすぐに見つかるのだと思い、それに、紅茶を入れてくれたぐらいだから、私と結婚したことを後悔しているとも思えず、第一、後悔する理由なんてありそうにない、と服を着替えて、寝室を出て、となりの黒いドアを叩いたが、やっぱり返事はなく、しばらくドアの前に立っていると、階下から皿の触れ合う音が聞こえてきた。夫は台所で朝御飯の用意をしているのだ、と思うと胸が明るくなり、階段を駆け降りていったが台所には誰もおらず、朝食の皿がふたつならび、卵立てがふたつその横に立ち、ひとつはからっぽで、皿に殻がこなごなになって散らばっていた。私の夫は卵の殻を細かくちぎって剝く人なんだ、とそんなことを考えながら、自分の席について、きれいに切られたパンを食べた。私も鞄の中に昨日ゆで卵を三つ持っていたけれど、もう臭くなっているかもしれない。この町では卵を縦に食べることが大切で、そのために、いわゆる卵立てという道具まで発明されているのだからまちがっても横に食べてはいけないと、列車の中で教えてくれた人がいたが、卵立てが置いてあるところを見るとこの話はどうやら本当らしく、それに逆らってみたくなって、私は卵を手に取ると地球に見立てて、ナイフで赤道に沿って殻を切り、ぱっかりふたつに開いて中身を出した。それからふたつになった殻をもとどおりに卵立てに戻すと、まるで中身が入っているように見えた。そういう食べ方は野蛮なんだと言いたければ言うこともできただろうに、いっしょに食事をしないのでは、私の食べ方を見ることもできないし、それに腹を立てて文句をつけることもできないし真似することもできない。

台所の隣に書き物机が窓際に置かれた小さめの部屋があったので、そこに入ったのは、私は大きい部屋が嫌いで、大きい部屋にいると寂しくなるので、この部屋を選んだわけだが、この部屋に入ると台所で音がして階段を駆け上がる音がそれに続いたので急いで台所にもどると、テーブルの隣の大きな食器棚の扉が半分開いていて、中はからっぽ、皿一枚ないところを見ると、夫は、私が朝御飯を食べている間この中に隠れて息を潜めていて、今二階へ帰っていったらしい、とわかっても私は二階へは追っていかず、そのまままた小さい部屋にもどった。机に座ってから、母に手紙を書かないと心配するだろうと思い、でも本当のことを書いても心配をするだろうし、とにかく夫は思いやりのある人で、家は立派で、食べるものは十分あり天気は心地好く、結婚生活は好調に出発しました、と抽象的にまとめた。

中央郵便局通りというくらいだから、もちろん手紙を出すのに苦労はしないはずで、やがて雨がやんだので手紙をもって外へ出て、門を出る時に振り返ると二階のカーテンが少し開いていたので、ああ夫が見ているのだなと、昨日とは違ってそれを半分当り前のことのように感じ、ぬれた石畳の道を昨日来たのと反対の方向へ歩いていった。しばらく行くと封筒を持った人間が絶え間なく飲み込まれていく建物があり、私も封筒を持って入っていき、窓口に母にあてた手紙を差し出すと、唇の両端の肉の垂れさがった局員は物差しで封筒の長さを計り、呆れたように首を左右に振った。それから、手紙を秤の上に置き、目盛りを読むと、また首を左右に振って、怒ったような同情するような目で私を見つめたがその意味は私にはわからずじまいで、というのは、男は値段を言っただけで別に文句は何も言わなかったからだ。こんなにわからない事が多いのでは心配なので、どうしても学校へ行きたいと思い、郵便局の中の電話帳で学校の住所を調べて名前の気に入った学校があったので住所をメモしようとして、ふと、そこにあるボールペンを手にして、その腹に目をやると、ペン一本でも窃盗です、と書いてあった。私は、ボールペンをまた机の上にもどし、ある〈初心者総合専門学校〉の住所をメモするかわりに暗記して、郵便局を出た。

学校へ歩いていく途中にまた雨が降り出し、髪の毛が濡れて頭の地肌にぴったり張りついて、厚手のジャケットの肩も濡れ、足を早めると前から降られて、ブラウスが体にくっついて乳首が透けて見えた。何だか中へ入るのは気が引けたが、ドアが開いてちょうど眼鏡をかけた女の人が出てきて、何か用ですかと訊くので、入学手続きについて訊きたいと言うと、女の人は私のかかとに目をやったようだったが、それは私の気のせいにちがいなく、とにかく入って話をしましょう、雨の中でははっきり摑みどころのある話はできないし、と、私の肩を抱いて、憂鬱な風景画の七、八枚も掛かっている部屋へ通してくれた。その女の人は校長かもしれず、目の動きも指先の動きも落ち着いていたが、睡眠薬のにおいがした。睡眠薬にはにおいがないという人もいるが、この世ににおいのない物などなく、人それぞれ感じ取れるにおいの種類は違う。もしこの人が夜眠れないのだとしたら、それはお金の心配ではないだろうし、年のせいでもないはずなのにどうしてだろう、と私はそれが気になり、何か私の想像の及ばないような災害がこの町を待ち受けていて、私だけはまだそれを知らされていないのかもしれないと推測した。女が、この学校に入って何を習いたいんですか、と訊いた時には、なぜそんな事を生徒に訊くのか真意を計りかねた。何ってそれが私にはわからないから学校へ行きたいんですよ、わからないんです、この町の人のことが何もかも、と答えると、それではこの町の人のどんなことが知りたいんですか、と訊くので、考えていると、正直に言わなければいけませんよ、恥ずかしがらずに、と女は付け加え、私について何か私の知らないことでも知っていてそれをほのめかしているようだったが、私には何のことか見当もつかず、ただ、人の生活の習慣を知りたいと思いますと言うと、どんな習慣ですか、とまた訊くので、思いつきで、例えばお風呂の入り方などです、と答えると、じゃあ、今日はそれを教えましょう、とあっさり同意してから、急に声を低くして脅すように、でも、それで終わりじゃありませんよ、あなたのような女のケースは社会問題であり、政治問題でもありますからね、と言った。どうしてですか、と訊いても、女の人はそれにはかまわず、そのうち答えます、今日は入浴がテーマですから、と言って、背後の風景画を一枚はがすと、裏には小さい黒板があった。女は、入浴の時間は普通、起床と朝食の間です、と言って、黒板に〈起床〉〈朝食〉と書いたが、私にはこれが意外で、どうして起床後に体を清めるのですか、夢の中で森を歩き回って体が汚れるからでしょうかと尋ねると女は私をにらんで何も答えなかったところを見ると、私の質問は女の心情を傷つけたことになり、もしかしたら、朝の入浴は睡眠薬のにおいを消すためかもしれなかった。いずれにせよ、私は今朝入浴しなかったから、夫は変に思っただろう。入浴時の人数は普通一人です、と言って女は黒板に〈一人〉と書いたが、それから、疑い深そうに私の目の中を探っているので私はあわてて、私も一人で入浴します、銭湯は別ですが、というと銭湯はこの町には幸いありません、だから皮膚病に苦しむ人も少ないのです、と誇らしげに言った。入浴方法はシャワーを浴びるのと湯船につかって中で体を洗うのと二通りあり、平均入浴時間はシャワーで二分十七秒です、と言われて、それじゃあ私も気をつけないと夫は私が溺れ死んだと思って死亡届を出してしまうだろう、と思った、なにしろ私は風呂に入って一時間以内に出たことがないのだから。何を考えているんですか、と女が不安そうに訊いたので、何も考えていません、と答えると、女はきびしく、私の言ったことを間違っていると思ったのでしょう、と訊き返し、私が首を左右に振ると、それならどうして間違っていないってわかるんですか、と逆攻撃に出て、私は困って、だって私はまだ何も知らないのだからあなたの言う事は全部信じるしかないし、それでどうして困るんですか、もし万一それが間違っていたら、それはいつか自然にわかるでしょうし、なにも私が疑ってみなくたって、と抗弁してみたが、女はまだ満足せず、思ったより頭がよくない教師だと感じていたんでしょう、となじるので、人の頭の良さについてなんか私は生まれてから一度も考えたこともない、そんな事、私にはどっちだっていいんです、と言うと、女は黙ってしまった。女にとっては頭がいいか悪いかが大切な問題らしいが私はそんなことは関心がなく、それより入浴についてもっと勉強したかったのに、女は急に泣き出してしまい、私が複雑な嘘ばかりついて女にそれが見抜けるか試しているのだ、女の頭のよさを試しているのだ、学長の回し者に違いない、ひどい、あんまりだ、こうやって部長の適任者を捜しているんだと心乱れる想像力は展開する一方で、興奮のため女の毛穴は広がり睡眠薬のにおいは強まり、私は戸惑いを払い退けるように、妙な提案をしてしまった。つまり、寝る前に十七分ぬるま湯に入るとよく眠れる、というものだ。これで、この日の授業は終わりだったが、家へ帰る道すがら、誰に報告するのでもないのに、今日の出来事を初めから頭の中で組み立て直している自分に気がついた。

家の中は、明かりがついていたが静まり返って、台所の鍋の中にはクリームの味のする白いスープが作ってあり、私はこんな風に世話してもらうのでは、ホテル住まいのようで結婚生活の感じがでないので、明日から主婦らしく料理しようとベッドの中で決心し、やがて心地好く眠りに滑り込んでいった。夢の中で夫は昨日よりもっとずっと年を取っていたが、今夜は本人はそれを全く気にしていない様子で微笑むその顔はどこか祖母に似ていて、私は自分からその首にしがみつき、濡れた髪の毛を撫で、濡れたワイシャツを撫で、ぶらさがっているだけの夫の義手をにぎって私の体の地形を辿らせていくと、次第にその手が熱くなり自分で動きだし、途中で私は夢だと気がついたがあまりいいので、目を覚まさないよう動きを控え目にして、声もたてないよう十分に息を止めて、それはよかったのに、夫はやがて深く溜め息をつくと立ち上がり、おまえは楽しくても私にとってはみんな仕事なんだと言って、私の体をたたんで旅行用トランクにしまおうとしたので、驚いて蹴飛ばすと、それが顎に当って夫はあおむけに倒れ、私があわてて助け起こそうとすると、夫は飛び起きて走って逃げていってしまった。枕もとを見るとまた紅茶セットとお金が置いてあったので目が覚めたことに気がついた。昨日は一枚だったお札が、今日は二枚になっていた。台所へ行って最初にしたことは、もちろん食器棚を開けてみることだったが、中には食器が整然と詰まっていて、夫と呼べるようなものはかげかたち見当らず、黒いドアの部屋にいるのか、外へ出かけたのか、物音もせず、私はまたテーブルの上の細かく剝かれた夫の卵の殻を見つめ、つまみあげ、ほいと口に入れて食べてしまった。私の国ではね、卵は殻だけ食べて中身は捨てるの、殻にはカルシウムがあるから爪が丈夫になるけど中身はコレステロールが多いだけでしょう、と言ったら夫は、おまえはそんな嘘を言って私がそれを見抜けるか試験しているのだろう、と怒るだろうか、見かけの割りには頭の悪い夫だと思っているんだろう、と言って泣くのだろうか。学校へ行き始めたおかげで夫との会話も空想できるようになり、今日も学校へ行かれると思うと背骨にすっと力が入り、朝食を終え、今日はちゃんと食器も洗って主婦らしくテーブルも拭いて、ベッドもなおし、学校へ出かけた。学校へ行く道は住宅街なので人には会わず店もなく、ちょっと足を延ばして商店街へでも冒険しなくては町の生活もわからないのだろうが、人に足元を見られるのが嫌で、人の多いところへ足を運ぶ気もせず、この日もまっすぐ学校へ向かった。学校のドアの前に女教師は立って煙草を吸っていたがその吸い方は独特で、フィルターに吸いつく時はまるで、素早く吸いつかないとフィルターが逃げていってしまうとでもいうようにあわてて、煙を吸い込む時には、どうせ吸い込んだものなら体の隅々まで行き渡らせたいと貪欲で、そのくせ吐き出す時には、いかにも身体中の毒をいっしょに吐き出してしまいたい、とでもいうように、憎しみを持って吐き出すのだった。それを見るにつけても、この町には危機が迫っていて、みんな残りわずかな人生を生きているのだとしか解釈のしようがなかった。煙草は体に悪いって言いたいんでしょう、わかっていますよ、と女は少し戯けて言って、煙草を足元に落とし靴先で踏みにじった。たった今まで口に入っていたものをあれだけ憎しみをこめて踏みにじるのには訳があったのだろうが、それを訊くにはどう訊いていいのかわからず、本当はそれが一番知りたかったのに、今日は何を勉強するつもりですか、と尋ねられると、お店での買い物の仕方を教えてください、などと考えてもいないことを答えてしまい、女は、私の答えにほっとした様子だった。お店に入ったらまず、こんにちは、と言います、と教えてくれた。そんなことは言ったことがない、よかった、もしそれを知らずに店に買い物に行っていたら、泥棒と間違えられただろう。じゃあ店を出る時には、さようならと言うんですか、と冗談で尋ねると女がうなずくので、私は急におかしさをこらえられなくなり咳き込んでしまい、女は私の咳が終わるのを待ってから、教師らしい口調で、別れの挨拶をきちんとしないのは罪悪ですよ、さようならは当然にして最低限の別れ言葉でしょう、それに別れならもう別れる訳だからいくら心をこめてやっても、それでつけいられる心配もないし、つまり、それが災いのもとになってその人とずっとおしゃべりしなくてはならない訳でもないし、とにかく別れには時間をかけないと。すると結婚には時間が全くかからなくても離婚は長引くかもしれず、もし夫と別れることになったら充分に時間をかけないといけないのだ。それにしても今日は睡眠薬のにおいがしないので、昨日寝る前にお風呂に入ったんですか、と尋ねると、女はしばらく黙っていてから、そんな風に予告なく急に話題を変えてはいけませんよ人と話をする時には、子供じゃないんですから、と諭し、私はむっとして、どうして急に話題を変えたらいけないんですか、子供でさえ急に話題を変えることができるのに、なぜ大人にそれができないのですか、と反論、女は微笑んで、子供を例に出したのは私の間違いでした、子供ではなくて、教育のない人達ですよ、話題をころころ変えながら話すのは。私はますますムキになり、じゃあ教育で人は頭が悪くなってひとつの話題にしがみつかないと物事が理解できなくなるんですか、教育はない方がいいんですね、と食ってかかると、女は微笑みをくずさず、教育のあるないは階級の問題であって、個人の問題じゃないんですよ、同じ階級の人は話し方でわかるようになっているんですよ、同じ雑誌を読むように努力し、同じファッションを選び、互いに点検しあっているんですよ、人の評価が混乱しないように、だから喋り方もね、同じでね、まあ、あなたにはまだ分からないでしょう。その時ドアが開いて、生徒なのだろう、青年がひとり入ってきて私を見ても全く動じず、恥じもせず困りもせず、早過ぎたみたいですね、と言ってズボンのポケットに手をつっこんだ。この町に来て初めて敵意が私の胸に芽生え、それでも青年に敵意を気づかれたくないのでやわらかく微笑んで挨拶してみたが、青年はそれには答えず、女に向かって、今日はブローチがきれいですね、とぶっきら棒に言い、女は不意をつかれて曖昧に微笑み、私はこの時まで自分がブローチに気がつかなかったのにも腹がたったが、青年の肌がむきたての桃のようにつるつるなのにはもっと腹がたち、音をたてて椅子を引き、立ち上がった。

明日また来ますと言って学校をとびだし、家とは反対の方向へどんどん走っていった。立ち並ぶ家並みはしだいに小さく灰色で古びたものに変わり、表面がはがれたような窓のところどころ割れたものに変わってきて、道にすわって遊んでいる手足の細い子供たちは私が通りがかっても目をあげようとさえしなかった。ただ一度、偶然目があった女の子が全く無感動な調子で今日は港のお祭りだよ、十時になったら花火があがる、と教えてくれてその表情があまりにも白紙然としていて、楽しいお祭りだから行くように勧めてくれているのか危ないから早くうちへ帰れと忠告しているのか、それともただお祭りのことを知っているのが自慢で言っただけなのか私には見当もつかなかった。そのうちある馴染み深いにおいが鼻をかすめ、それに誘われて足から先に看板の錆びて読めない料理屋に引き込まれていった。中は薄暗く、髭の濃いガリガリに痩せた男たちがカウンターでトランプしている、そのかけ引きの低いやりとりを突き抜けて、ひときわ高く、お食事ですか、とでも言ったのだろうが女の人の声がして、メニューはないのか、私の顔の真ん中へんを期待に満ちて掘るように見つめて、料理の名前が口から飛び出してくるのを忍耐強く多分好意的に待っているが、私にはそのにおいが何のにおいか思い出せず、文字ではなくにおいをならべたメニューが欲しかったが、仕方なくただにおいを嗅ぐ真似をしてみせると、女はすぐにうなずいて調理場へ消えていった。女はサンダルをつっかけていただけだったので、サンダルなど履かずにしっかりした長靴でも履けば、かかとが隠せるのにと私は文字どおり余計な心配をし、なぜなら隠すべきかかとがあるなら、かかとのない事を隠す必要はないのだし、第一、かかとがない人間なんていないのだから。もしそんな人間がいたとしたらそれも階級となって、話し方や読んでいる雑誌を見ればすぐわかるだろうから足なんて隠しても役に立たない、と〈階級〉という単語が頭に浮かぶとまた学校のことが思い出され、腹がたち、窓から外を見ると男の子が数人、爆竹を鳴らしながら走っていった。その風景から私を引き離すように、目の前に大きな皿が置かれて皿の真ん中にニンニクのサラダが山盛りで、ああ、さっきのにおいはニンニクだったと記憶がもどったことにほっとした。さっきのにおいが今は鼻をつまむほどだったが、しばらくは乳製品ばかり食べていたので辛いものや刺激の強いものが恋しく、がりがりかじる快感に汗をかき、そう言えば店に入る時、コンニチハと挨拶するのを忘れていたので、トランプをしている男たちの方向へ、コンニチハっと叫ぶと、男たちはいっせいに振り返り、七人もいただろうか、にこりともせずカードをカウンターに置いてゆっくりこちらに近づいてきた。それから一人ずつ、体の割にひどく小さな手を差し出して握手を求めてきた。夫の手もこんなに小さいのだろうか、それともこの男たちはトランプのやりすぎで手が小さくなってしまったのだろうか、いや、夫はよそ者ではないし料理屋にたむろすることもないから、白い大きい手をしているだろう。窓の外は暗くなり街灯の明かりが霧ににじんで、爆竹の音はいよいよ頻繁に聞こえ始め、私は港への道を教わり勘定を済ますと外へ出て、言われたとおり漁業組合の倉庫の脇の暗い道に入って南の方向へまっすぐ歩いていった。途中、背広姿の男に追いついたが男は私に抜かされるのがいやで我慢できないらしく私をにらむと足を早め、息をぜいぜい鳴らして、倉庫の大型車専用入口のところまで来ると、不意にトラックのかげにざわめきが起こって、男の足元で爆竹が破裂、男は意外なことに女の声で悲鳴をあげ、トラックのかげから笑い声が起こると男の声にもどって、ふざけるな出てこい、とどなった。出てきたのは黒いジャンパーを着た少年が三人、体をゆらしニヤニヤしながら出てきて、男が、なんだヨソ者か、と言うと一番大きいのが顔色も変えず足音もなく前へ進みでて、ぐいと体をひねりさま男の腹を蹴った。低い短い唸り声をあげて男は前かがみによろけて倒れ、それでも片方の手で地面から体をつっぱって離して支え、もう一方の手では腹を押さえ、警察を呼ぶからな、と言ったが効果がないので、警察を呼べばおまえらなんか、と付け加えようとしたが、後ろからさっきの少年に尻を蹴られて前へ顎からつんのめった。鬚をはやしていなかったから顎の皮がつるんと擦りむけたかもしれなかった。少年は私に目を向けこの男は私の客かというようなことを訊くので私はあわてて首を左右に振り、三人が立ち去っていくのを見届けると男のところへもどって、傍らにひざまずき、大丈夫ですか、と尋ねると男は私の顔を不快げに見やって、私があの少年の姉なら早く少年院に入れたほうがいい、と言った。私は男の顔に唾を吐き掛けると、火がついた鉄砲花火のように港に向かって駆け出し、もう男の方も学校の方も振り返らず、毛皮のコートやダウンジャケットをいくつも追い抜いて水が見えるところまで走って、やがて本当に暗い水と船の明かりが揺らめくところへ出てぜいぜい息を整え、船着き場の時計を見るとまだ九時だった。目の前の飲み屋から楽しげなざわめきがこぼれていて、寂しさ、手持ちぶさた、頼りなさから店にとびこむと、中は熱気が渦巻き耳鳴りがして、人の押し合う背中ばかりで顔はひとつも見えず、それでも立って飲む方がいいという連中が多いおかげでカウンターのとまり木がひとつ、まるで私のためのように空いていた。私はその椅子に座り、というより這い上がり、瞳はすぐにカウンターの内部の世界にひきつけられていった。そこでは店のおかみが注文票を三十枚ほどトランプのように目の前に並べて、客の声が飛んでくると受けとめて書きつけ、ビールをつぎ、ジュースのビンを開け、空のジョッキを洗っては棚に並べ、静止の間もなく働いていた。カウンターの奥にラマのように睫と首筋の愛らしい青年が立っていたが知恵が遅れているらしく、ちょっと、あっちのコップ取ってきてくれる、とおかみにやさしく言われて、ぐずるでもなく、すぐに応じるでもなく、ゆっくり店の奥へ歩いていったがコップを持たずにすぐもどってきて、おなかすいたなあ、としみじみつぶやいた。おかみは叱るかわりに手ばやくサンドイッチを作って青年に渡し、青年は頰の肉をたるませて微笑み、ねえさん、ここで食べていいの、と尋ね、レジを打ちながら、いいわよ、と答えたおかみの声は酒場のざわめきの中にひときわ冴えわたるほど静かだった。ビールまだか、とどこかから飛んできた荒々しい声に、はい、すぐ、と答えて、女は私の隣に座っていた男にジョッキを渡すと男は常連らしく黙ってそれを奥の客のところへ持って行った。白い大鯨だったらしいよ、この辺を散歩してた人が見たらしい、と背後で誰かの話す声がして、それに答えて、でもこんな汚れた海に鯨が来るかねえ、と言ったのが聞き覚えのある声なので振りかえったが、見たこともない腹の太った男が立っていた。俺もちょっと注文したいんだけどね、とねばっこい声がして脇の方から日焼けした若い男が首に派手なスカーフを巻いて割り込んできて、おかみが、はいはい何にしましょう、と尋ねると、男は、〈ヤシの木の下の真珠〉だか〈大西洋のバラ〉だか、そんなような難しいカクテルの名前を言った。ありませんよ、と答えるおかみはそっけなく、それじゃあ何か食べるものは、と訊かれて、またそっけなく、ありませんよ。どこかから、押し殺したような笑い声が漏れてきて花火の時間の迫ってくる興奮も重なり、あたりの空気は緊張していく一方だった。派手なスカーフの男はそれでも立ち去らず、カウンターにもたれて、ちょっと電話あるかい、と尋ね、うつむいてグラスを洗っていたおかみが、顔も上げずに、ありませんよ、あんたの捜しているものはこの町にはひとつもありませんよ、と言うと、男は声を高めて、どういう意味だ、と体を乗り出したが、おかみが顔を上げるとその顔が怒ってても恐がってもいなかったので、男はばつがわるそうに引き下がり、じゃあビールでももらうか、と注文した。サンドイッチを食べ終わったラマ青年が、ねえさん何か飲むものないかなあ、とねだると、ビールを受け取ったばかりの派手なスカーフの男が、どういうつもりか、ほら俺のビールくれてやるよと言い出し、青年が不安そうにあとじさりすると、やるって言ってるんだとむきになり大きな声をあげたが、青年は一歩も近づこうとしなかった。客たちがぞろぞろと外へ出始めたので、花火の時間が近いのが分かり、私も後に続き、店を出て、黒い水面と向かい合った。その時、後ろから腕のつけねを強く摑まれ、ふりむくと制服の警官が立っていた。

背広の男を蹴ったのは私の弟じゃない、私には弟なんていないんだから、確かにあの男は少年に蹴られ、少年には姉がいたかもしれないけれど、その姉は私じゃない、とそんな弁解をしてみたが、警官は何も答えないので、とすると、あの事件のことで逮捕した訳ではないのだと推測し、それならせめて花火が終わってから逮捕してください、私はこの町に来てまだ一度も花火を見ていないんです、と頼んでも警官は黙って私をある未知の方角へ強引に引っ張って歩き始め、私はまた思いつくことがあって、あ、税関の事でしたらね、ごまかした訳じゃないんです、なかったんですよ駅に税関らしいものが、いえ、国境さえ見えなかったんです、それに申告すべきものなんて何も持っていませんでした、と付け加えたが何の効果も奏しなかった。やがて見たことのある屋根の並びが現れ、私はどうやら中央郵便局通りに連れて来られたらしく、十七番の家の前に立つと警官はまるで自分のうちに入るように門を開け、ドアを開けて中へ入り、二階へ連れて行くと私を寝室のベッドの上に突き倒し、部屋を出ていった。驚いたことに隣の部屋をノックする音が聞こえ、それからすぐにドアの開く音が聞こえたので、飛び起きて行ってみるともう黒いドアは閉っていて、中から警官と夫の話し合う声がかすかに聞こえてきたが、正直に言うと、私は警官の声も夫の声も知らないのだから、誰と誰が中で話しているのか知る由もないのだ。耳をぴったりドアにつけても時々〈料金〉とか〈紛失〉とか単語が聞き取れるくらいで、何を話しているのかはもちろんのこと、協議しているのか口論しているのかあるいは談話なのか、言葉の調子さえ分からなかった。諦めて部屋へ戻って歯を磨き、寝巻きを着、床の中で目を閉じると、さっき見損なった花火がまぶたの裏で開花し、ゆっくり惜しむように火の粉が舞い降り、体の節々に落ちてチリチリ痛く、そのうち体が怠くなって、柔らかくしなって、夢の中では今日の夫はあのラマに似た青年だった。こんな青年と結婚したいと私はいつも思っていたのに、教育がある人でないとだめだとか、お金の稼げる人でないとだめだとか、年下はだめだとか、そんな風に世間に信じさせられ本当ははにかみやで肉のマシュマロみたいな、ずっと年下の男の子と結婚したかったのに、みっともない恥ずかしい止めなさい、と言われ損をしてきた。青年は私を喜ばそうと自分の耳たぶを擦ってみせ、耳がとがってツノのようになるまで擦り、私が笑って、違う違う場所が違うと言うと、今度は足の親指を擦ってみせ風船のように腫れていくのにまだ擦って、私は笑いにむせびながら、違うでしょう、ほら場所が違うでしょう、と言っても理解せず、今度は自分のお臍の回りを指でごしごし擦り始めたが、さすがにここには何の変化も起こらず、ただ胡麻のにおいがしただけで、私はそれでも急ぎもせず、この青年にどんなズボンを買ってやろうどんなセーターが似合うだろうと楽しみを思い描き、少し痩せ過ぎているのではないかしら、痩せた男は嫌い、あぶらっこい料理でも奢ってあげなくては、でもお金が足りるかしら、とお金のことを考えた瞬間、目が覚めた。

なぜ夜中に夫の足音や気配で目が覚めないのか、くやしく思う。この日もまた起きてみるとテーブルの上には紅茶セットとお札が三枚乗っていて、ああこうやって少しずつ使えるお金が増えていくんだ、そのうちお金がたくさんないと生きていかれなくなるだろう、と思うと不安だったが、仕方がない結婚したんだから。部屋を出ると腐った卵のにおいがして、あれは私の鞄の中の卵にちがいない、でも鞄はどこかしら。においは黒いドアの内部から漏れ、あれは夫が私の鞄を保管しているんだ、私の卵を保管しているんだ、とそこまで考えて、ふと、夫の保管しているのはひょっとして私の卵ではなく帳面じゃないかと妙なことを考え、でも今のところ、記録しておきたい事などないし、ものを書く余裕などないし、忘れることにして、台所へ行ってみると朝食の用意はしていなかったので、自分ですることになり、これも良い主婦になろうと昨日決心したばかりだった気持ちにぴったり合い、冷蔵庫から卵をふたつ出して、なべの水に沈めた。もしかしたら夫は本当に私よりずっと年下かもしれず大富豪の両親をなくして寂しさから書類結婚に踏み切ったもののまだ本当は結婚できるまでに体が成熟していないので、大人になるまで隠れているのかもしれない。黒いドアの部屋の中には縫いぐるみや積木が散らばっていて夫は床に座って絵本をめくり、字の形をひとつずつ研究しながら早く本がたくさん読めるようになって妻に博学を自慢してやりたいと夢見ているのかもしれない。

　学校のことを考えると昨日いた生徒が思い出され気が重かったが、もしかしてそれは嫉妬かもしれず、そう思うと、たかがあんな意味のない他人に嫉妬すること自体いまいましくなり、嫉妬などしていないことを自分に証明するためだけにでも学校へ行くことにして歩き始めると足の運びはどんどん早まり、あの生徒より先に着きたいと思うからなのかどんどん進み、着いてみると、ドアの前に痩せた知らない女が一人立っていたので、先生は、と尋ねると、今日から産休だから私が代わりに授業します、と言って私の首から下を点検する目つきで観察し、勉強はどのくらい進んでいますか、とすまして尋ねるところを部外者が聞いたら、私の勉強も一段ずつ積み上げて行くことのできる勉強だろうと誤解しただろうが、また、この新しい先生はわざと私にそんな幻想を与えようとしているのかもしれなかった。私はだまされず、私はいつまでも初心者ですよ、軽く見ないでください、となまいきなセリフをぶつけてみた。だったら教わったことは次々忘れてしまうんですかと問い詰められ、違いますよ、ひとつ教わるごとに知識がひとつ消えていくんです、だからだんだん頭が空になってきて、いろんな事を考え出せる場所ができるんです。でも旦那様は教育については全く違ったご意見をお持ちでしょう、と痛いところを突かれると私はすぐに、ええ、そうなんです、夫は何にでも興味があってむさぼるように本を読んで知識をためていくんです、それを繋ぎ合わせてステンドグラスのように思考していくんです、とすらすら答えた。私たちは並んで教室に入り、女は煙草に火を付けて三ヵ月前に離婚してからまた煙草を始めてしまったと言い、あなたも離婚しそうか、と期待をこめて尋ねるので、私のところも実は問題があってと、舌が滑って嘘が飛び出してしまい、思えば、この時初めて、夫婦の崩壊について語ると尊敬まではいかなくとも大人と認められることを学んだのかもしれない。とにかく嘘か本当か、この女は離婚したそうで、離婚の理由は夫はうちにこもって全く外へ出たがらない性格で、女はといえば外ばかり出歩く性格で、休みの日にも意見が合ったことがなく喧嘩ばかりして別れたと言うので、私は思わず、あいづちを打ち、私のところも夫は外へ出たがらないけれど、この問題については私は離婚するほど困っていない、と言うと、女は非難がましく私をにらんで、夫が外へ出ないだけなら私も困らない、困るのは夫に、おまえは出かけるのが好きな女だ、と毎日言われているうち本当に毎日出かけるようになり、出かけたくないのに出かけて、足が腫れても出かけて、北風に頬が破れ、耳が霜焼けになっても出かけ、用もなく泣きながら町をさまよい、勝手にできあがってしまった〈お出かけ好き〉という性格の奴隷になって苦しんでいたのが、やっと離婚してそんな自分の性格から解放された、と語った。それに比べたら私はなんて幸福者だろう、私の夫には固定した性格などといううっとうしいものはなく、毎日、私の空想力の及ぶかぎり性格を取り替え、私もまた自分の性格を決定する義務はなく、こんな結婚だったら何度してもいい、とひそかに考えていると、女はまた私の服を観察して最近は発展途上国から卑屈な女たちが輸入されており、この町の男たちの中にはそういう女を欲しがるのもけっこういて、解放された自国の女たちの結婚のチャンスがせばめられている、と言って私の反応を待った。私が、それは知らなかった、と答えると、そういう女たちはお金が目当てで結婚する不道徳者で、貧しい村から来て貯金ができると離婚して帰っていくのだが、教育がないから、こういう女たちに愛とは何かを教えるのは無理だろうが、それでも敢えてその無理に挑戦して自分は教師になったのだと誇らしげに結んだ。でも私はそういう女たちとは違いますよ、と私ははっきり言い切った、私はよく考えて決心して、つまり自分の意志で来たんですからね。すると女は、貧乏人には意志なんてありませんよ、貧乏で仕方なくやることばかりですよ、と軽蔑しきった口調で言い返した。

女は思っている事をいさぎよく吐き出してしまったので、跳ね返って来る反撃に対し身構えるつもりか、拳を軽く握り、顎を少し前に突き出して、私の答えを待った。私は自分で決心して何かしたことなどなかった人生で今回の結婚が初めて自分で決めた行動だったのに、貧乏人に意志無しと言われてむしゃくしゃし、あなたはなぜ初めて出会った人のことが分かるのですと問い返すと、話を専門家風に進めれば五分前に会った人の人生だって分かりますよ、それでなければセラピストなんて職業がこの世にあるはずないでしょう、私は以前セラピストとして働いていたんですから、と女の頭の回転は機械のようにとどこおりなくなってきた。でも私は病気じゃないのだからセラピストには私のことなど分からない、第一、私は全く苦しんでいない、苦しんでいるのはあなたなのだから、私があなたを救うために教育者になるべきなんだろうけれど、と言い返してやった。女が苦しんでいることは、目尻の筋肉の動きと口の両脇の肉のたるみと、そしてなによりあぶら汗のにおいで分かったが、苦しみの理由は見当がつかず、そういう種類の汗は普通、何かに遅れて追いつこうとしている時にかくものだが、女は私の見た限りでは何にも遅れていないのにそのにおいがするのだった。女は、苦しんでいるのだろう、と私に言われても怒るどころかまるで苦しむことが女の洞察力の証しであるかのように喜んで、自分ほど苦しんでいる人間は見たことがない、と認めるので、それじゃあ、あなたのする事は自分で決心したことでなく苦しみに追われて仕方なくやった事ばかりだ、苦しんでいる人間に物を考えることなんかできないし、決心することもできない、ととっさの復讐をとげた。私はそれが嬉しくて意地の悪い快感が込み上げてくるのにぞっとして、そんなことより早くこの町の事を教えて下さいと謙虚さを装って言うと、この町の事などという特別の事は何もなく、みんな普通に生活しているだけです、と女は言い切った。普通ということはないでしょう、私はこの町へ来てからまだ普通と思われる現象を見た事がないんですよ、と言っても女はぽかんとして私の顔を見つめているだけだった。

この日は主婦らしくうちへ帰ってからいわゆる掃除をしようと思ったが、このように広いうちを掃除するには奥の部屋から始めるのか、玄関から始めるのか、窓を拭いてから床を磨くのかその逆か、誰も教えてくれる人もなく、曖昧な調子で台所から始めたのはいいが、床は拭いてもきれいにならず、と言って初めから拭くほど汚い訳でもなく、廊下もまた光ってはいないが私がモップで行き来しても、それで光る様子もなく、張り合いのない仕事に肩ばかり凝ってきて、テーブルクロスを洗濯してみたが退屈で、いったい何を解消しようとして家事をしているのか、自分でもはっきりせず、結局汚いのはこの家の中では自分の肉体だけではないか、私こそ毎晩知らない男を訪問して汚いのではないか、と思いお風呂に入ることにした。このうちの入浴室は家相応いやそれ以上に大きくて、部屋の真ん中にぽつんと置かれた湯船に入っていると、湯船が大洋の真ん中を漂う小舟のよう、じゅうたんが緑でなくて青ければ航海気分になれそうな程、部屋は広く、そのうちあまり広いのでそこにぎっしり人が座っているところなど意味もなく目に浮かんできて、みんなは私が入浴しているのを不思議そうに観察し、なぜ不思議かといえば海の中に浮かんだ湯船に湯を入れてはいっているからで、水の中の水、そのような二重の入浴は意味が計りかねる、などという意見を持つあの群集の中に夫はいるのかいないのか、海の中をひしめく群集、みんな同じに見える、みんな同じに水に濡れているから、イカの群れのように絡み合っていて、どの人が夫でも構わない、そう思うと、ほっとして何も特別な人間を選び出さなくたっていいんだ、あの中の一人、どんな一人でもいい、と思い、立ち上がると、海は消えて広い部屋の向こうでドアが少し開いたのに気がついた。ドアの向こうは真っ暗で何も見えない。こちらが明るすぎるのだ。私はタオルで体を隠してドアを開けに行ったが、予想通り、逃げていく足音が聞こえただけで、後は我が身を水しずくがしたたり落ちていくのを見つめるばかりだった。この町へ来てから痩せてしまったのは、食べ物がないからではなく、いっしょに食事する人がいないためで、おなかも減らずこのまま行くと栄養失調になるかもしれない、と心配になってきた。異国の地で食べるのはやさしいが眠るのは難しい、という諺があるが、私の場合はまるで逆で、眠るのには苦労せず、そのかわり食べるのが難しい。今日は朝食しか食べなかったのに、空腹感は全くなく、眠いだけだった。

夢の中で私は初めて気が重く、夫が現れても顔をそむけたかったが、そんな自分を良くないと思う心が働き、両手を前に伸ばして倒れかかってくる夫を受け止めようと形だけは構えたが、夫は空中でつっかかってしまって、そこにクモの巣でもあるのか、あがいていた。私にはそれがどこかわざとらしく同情を引こうとする演技に見え、助けずに見学していると、あがく夫が今日は老人でもなく少年でもなく、結婚適齢期の働き盛りで、酒光りする頬がなんとも憎らしく、ぴたん、とぶってやりたいのを堪《こら》えて、さりげなく何かやさしい励ましの言葉をかけようとしたのが、どういうわけか間違えて、今日は何枚だったかしら、と訊いてしまった。夫はクモの巣の残りを背広の肩から払い除けながら、ほら、と五枚差し出し、私はそれでは一枚多過ぎます、まだ四日勤めただけなのですから、と正直に言おうとしたのに急に声が嗄れて言えず、手だけはすばやくお札をひったくってポケットに押し込んだ。でも私は貯金ができないタチで、持っているお金は全部使ってしまうから、いつまでたっても離婚できないな、と考えた。いま何を考えているのか、と夫に訊かれて、言葉につまり、卑猥な事を考えているなら大歓迎だなあ、卑猥な事か、と訊かれそれでも答えないでいると、夫は癇癪を起こして、なぜ答えない、聞こえないのか、と怒鳴って、私の耳の穴に万年筆を突っ込んだので、黒インクが鼓膜に染みてさらに体に侵入していった。インクが体に入ってしまえばおまえも俺の仲間だなあ、と言うので、どうしてですか、インク壺じゃあるまいし、それより私の帳面を返してください、と言ったところで目が覚めた。やっぱり夢だったらしく、机の上にはお札は四枚しかなく、耳の穴の中は乾いていて、今日は紅茶は置いてなかったが、それは自分で沸かして飲めばいいのだし夫の愛情が冷めたことにはならないはずだった。

台所へ行くと卵をゆでる鍋の中に郵便葉書が一枚入っていて、どうやら病院の予約確認らしく、日付は今日で、しかも行くのは私だった。夫が予約手続きをしてくれたに違いなく、調子の悪いところはどこもなかったが、夫の思いやりがありがたく、自分では気がついていなくても気候が変わったのだから病気になっているのかもしれず、今日は学校へ行く気にはなれないので都合もよく、天気は、と窓から外を見ると、曇り空が重くたれこめ、格好の病院日和だった。体に異常がないといっても、よく思い出してみれば、痛いところなどすぐにみつかった。例えば食欲がなく、時々胃がしくしく痛み、それでも何か食べると腸にもたれ、階段を上がる時、膝が痛むし、暗闇を見つめると目が痛い。そんな事をこまかく思い出しながらバスを待っていると、向こうから流行の服を着た背の高い女が一人歩いてきたが、靴のかかとがひどく高いせいか、一歩ごとに前につんのめりそうにして歩いていくそのテンポは並みはずれて速く、しかもお尻は上へ胸は前に肩は後ろに引いて、つまり四方から体を引っ張らせているので、一歩ごとに体が占める空間が肥大していくようだった。女は私の前で足を止めると、バスの時間を調べ腕時計と比べ、時計が信じられないのか、私に時間を訊くので、さあ何時でしょうね知りません、と答えると、不審そうに私の足元に目をやった。

バスは次第にまばらになっていく家並みの間を走り抜け、すきまだらけの枯木の林を抜けて小高い丘の上の総合病院の前に止まった。お城のように恐ろしい建物を予想していたのに、それはむしろ学校のように灰色で目立たず初めて訪れた私にも毎日通ってきたような感じを起こさせるのだった。受付の窓口に黙って葉書を差し出すと、中に座っていた看護婦は葉書を読んであきれたように首を左右に振り、分厚い記録帳を開いて何か捜していたが、見つかるとまた首を左右に振り、十七番と書かれた木の札を私によこし、右の方向を指差した。私は番号札を握りしめて右の方へ歩いていき、ホテルのロビーを思わせるような待合室に入った。中ではずんぐり太った女の腿の上で男の子が一人ぐったり眠り、その隣で週刊誌を読んでいた長い手足の一様に日焼けした女が顔を上げ私を見ると、週刊誌をテーブルの上に置き、そこには水着姿で釣りをする女の写真が載っていたが、そしてそれが私にはいろいろな意味にとれ興味深かったが、女はその写真より私に関心があるらしく、ひとりで病院に来るのは心細いでしょう、と話しかけてきたので、夫は今日は用事があるのでと嘘をつくと、結婚していらっしゃるんですか、と急に丁寧な口調に変わり、それでもうさんくさそうに、ご主人何をしていらっしゃる方ですか、と夫の職業を訊いてきた。なぜ他人の職業などに興味があるのか不思議に思い、その訳を考えていると、工場にお勤めですかと重ねて訊くので、いいえ、株の関係でと嘘をつくと、女は私の顔を斜めから観察して、ああ書類結婚ですか、と安心したように言った。お宅のご主人は何をしていらっしゃるんですか、と私は全く興味はなかったものの真似して尋ねると、別れた夫は部長でしたが、今は一人で暮らしているんですよ、あなたにはわからないでしょうけれど最近この町では女性の一人暮らしの価値が認められてきましてね、あなたはそんなのは寂しいと思うでしょうけれど、自分の職業さえあればいいものですよ、と私に職業がないと初めから決めつけ、それを哀れんでいるようだった。あなたの御職業は、と女に尋ねると女は誇らしげに会計士です、と答え、私には仕事の内容はわからなかったが、どうやら社会に認められるためには、離婚しただけではだめで職業が必要らしいと悟った。女は病気のことに話題を移し、とにかくこの頃、足が腫れて、仕事で出かけようとしても友人と会う約束をしていても病気の母のお見舞いに行こうとしても足が腫れて行かれないのに、病院に予約してある日だけは腫れが引くんですよ、と言って、スカートを腿までたくしあげ、痩せて骨ばった脚を見せてくれた。どこが腫れるんです、と訊くと、女は誇らしげに、かかとのところがね、ちょっと、と言うので、私は嫌な気がして、私もよくそんなことがありますよ、と嘘を言うと女は背筋を起こして、そんなこと無いでしょう、と否定し、こんな腫れ方、こんな痛み方をするのは私の足だけですよ。まるで症状の細かな点だけが、彼女の体を他とは違った唯一独自のものにしているのだとでも言うように、女は、私の足が同じ腫れ方をするはずないと強調した。〈こんな腫れ方〉と言ったって他の人はそれを見たわけじゃないし、まして〈こんな痛み方〉なんて彼女にしか感じられず、それを知っていることを通して自分の体を自分だけのもののように所有しようとしている、そんな女を嘲る気持ちから、痛いと言ったってたいして痛くはないんでしょう本当は、とからかうと女は予想通り怒って、あなたのように病気になったことのない人間に何が分かりますか、とつっかかってくるので、調子に乗って、私だって病気しますよ、病院に来ているのがその証拠です、と言い返すと、ああそれは子供をおろしに来たんでしょう、と憎々しげに言い捨てた。その時、隣の太った女の膝でぐったり寝ていた男の子が突然からだを起こし、おかあさん僕をおろしに来たんじゃあないだろうね、というような意味のことを涙声で言い、太った女はそれには答えず、非難をこめて私をにらんだ。すると男の子も私を見て顔をしかめ、ポケットからおもちゃのピストルを出して近づいてきた。私はもともと子供が恐いたちなので、席を立って、窓の方へ避難し、これでもう面倒な談話を夢中で舵を取りながら進める必要もなくなったと思って、窓の外に目をやると、さっきの女は週刊誌を手に取って立ち上がり、近寄ってきて、私に、水着で釣りをする女の写真を見せ、お宅のご夫婦もこんなこと時々なさるの、とすまして尋ね、これは何か私の知らない慣用句かアレゴリーがあって女は私がそれを知らないことを確かめ馬鹿にしようと目論んでいるらしい、と察し、いいえこういうのは亭主が好まないので、だって釣られるのは魚なのになぜ釣り人が濡れる心配して水着なんて着る必要があるんでしょうと答えると、女は意地悪そうに、あら水着を着るのは水に入る時だけかしら、と謎をかけた。魚が水着を着て女を釣っている写真の方がよかったようですね、と言ってごまかそうとすると、あなたも写実主義者ですね、と女も負けずすかさず答えたが、私には意味の自分でもわからない会話をそれ以上、続けていくのは辛かった。もしこの時に女の番号が呼ばれて女が診察室に消えなかったら、この先どうやって会話を続けていっただろうか。

しばらくして自分の番号が呼ばれ、診察室に入って行くと、白衣の髭面の大男が仁王立ちに立っていて、顎でしゃくって、そこの背もたれのない椅子に座るよう合図した。男は自分は大きな肘掛け椅子にどんと腰をおろしていきなり、熱は、とぶっきら棒に尋ねた。ありません、と答えると、頭痛か腹痛は、と尋ねるので、また、ありません、と答えそれに続いた沈黙に気まずくなって、体が重いんです、と言うと、それじゃあ妊娠した訳だ、調べてみようとあっさり言って、ピンセットを手に取り、私の耳の穴の中を調べ始めた。看護婦を呼んで懐中電灯を持って来させ念入りに何か捜していたが、私は次第に恥ずかしくなり、黒いのは耳垢ではありません、夫がインクをこぼしてしまったんです、と言い訳し、旦那さん小説家かい、と訊くので、違います、インク会社の重役です、と新しい嘘が出て、また夫の職業を訊かれたことを不審に思った。みんな私の夫の職業にしか興味がないようで私のことなどどうでもいいのだ。あ、と言って、医者が私の耳たぶを強くひっぱったので、痛いっと叫ぶと、気のせいか、と言って医者はがっかりして耳たぶを離し、私は耳をさすりながら、耳を引きちぎられるところだった、と医者を恨めしく思った。それじゃあ、そこの診察台の上に寝なさい、と命令され、服を脱ごうとすると、服は脱がないでと注意され、靴下を脱ぐように言われ、私は顔が火照ってくるのを感じ、脱いでから寝るのか寝てから脱ぐのか、立ったままでは靴下は脱げないし、まず寝てからでもおかしいし結局ベッドの端にちょこんと座って脱いでいると、若い看護婦があと三人入ってきて私を見てくすくす笑った。医者は白衣のポケットからくしを出して髪をなおし、手袋をはめると私の足を調べ始めた。足の裏にじっくり聴診器を当てて医者は何かを探ろうとしていたが、逆に私は落ち着いてきた。というのは、横たわっていると体が、他人のもののような気がしてきて、私が守らなくても自分で自分を守っていけるだけでなく、逆に体が思考して私を守ってくれそうな気がしてきたのだった。それが証拠に、看護婦たちが内緒話をしているので〈私〉は恥ずかしく苦しいのに、〈体〉は笑われても平気で横たわっていて、なぜなら体は他人より優れていたいとも、馬鹿にされたくないとも思わず、そんな事はどっちでもいいのだ。これはプラスチックで足の一部を補強するしかありませんね、と医者が言った時にも平然と、いいえ、その必要は全くありません、と答えたのは、体の声だった。私自身に、なぜ補強の必要がないのかわからないうちから、それが本音だとはっきり感じられた。でもそういう訳にはいかんよ、欠けているんだから、と言う機械的な医者の口調にもひるまず、欠けている、というのはどういう意味の言葉でしょうか、と問い返すと、看護婦たちの笑い声がまた聞こえ、医者はそちらを振り向いて、今日は仕事が楽しいね、と皮肉なのか、本気なのか、やさしく言って、また髪をくしでなおした。とにかく欠けていては困るんだがあくまで反抗するつもりなら、そういう話は婦長先生としてくれ、面倒な討論は苦手だから、婦長の部屋は十七号室だ、と言って、ベッドから降りるよう顎先で命令した。

婦長の部屋は本棚で三方を暗く陰らせ、おまけに窓際の机にも書類が山積みになっていたので光があまり入らず、机の前に座っていた婦長がスタンプを片手に、私のノックの音に振り返った様子は、前世紀の写真のように不思議な輝きをおび、婦長はその姿勢のまま動かなくなってしまったようだった。私が中へ入ってドアを閉めると外のせっかちなざわめきは消えて、中は古風な柱時計の音だけに時を刻まれ、はんこを下ろして回転椅子を回してこちらへ体を向けた婦長は、その姿勢のまま改めて写真のように動かなくなってしまった。人生の時間を一分も無駄にすまいとする緊張感が、襲い掛かってくる雑事の波に飲まれまいと婦長の前にバリケードを立てているのか、私は、お忙しいのにお邪魔してすみません、と言ってしまってから、この言葉さえ婦長にとっては時間の浪費であることに気がつき、すぐ済みますから、と付け加えて、これも無駄だったと気がついたが、婦長は私を責めるでもなく、せかすでもなく用件に入るのを黙って待っていて、結局そうして待つのが一番時間と労力の無駄にならないと悟っているのか何も言わず、私の方は、一人でしゃべるのが苦手なので、実は、足の手術のことであなたに相談するように言われたのですが、と不器用に話を始め、これを言ったのは医者で、あなたとあの医者は仲がいいのか悪いのか私はそういう内部の事情にも通じていないので、なぜあの医者がここへ来るよう言ったのか分からないのですが、とにかく言うとおりにしたのです。そう言い終わってから無駄なことを言ってしまったのに気がついたが、婦長は別にいらだつでもなく、黙って続きを待っているので、ああ、まだ話の要点が抜けているらしいと気づき、あの、足の一部が欠けているのでプラスチックを入れたいと医者は言うのですが、私は反対なのです、と思い切って言ってしまった。婦長は引き出しをあけて中から用紙を一枚取り出すと、手早く何か書いてサインしてはんこを押して私に手渡した。それは手術拒否許可証という難しい書類で、裏面にはその法律的説明が印刷されていた。あまり簡単にことが済んでしまったので、とまどってあのこれだけでいいんですか、これをあの窓口に提出してうちへ帰ればいいんですか、と尋ねると婦長はうなずき、私は立ち上がったが、思い切ったことをしたので張りつめていた気持ちが急にゆるんで、涙があふれてきてしまい婦長に何か語り掛けたかったが言葉が浮かばず、とりあえず指先で涙をぬぐいとった。北風が強いから目に直接吹き込まれないように気をつけなければいけません、と婦長が言った時、感傷的な気持ちが波のように引いていって、私は胸を起こし、自分でも驚くほど落ち着いた調子で、あの、プラスチックを足に入れるとどうなるんですかと尋ねた。婦長は窓の外に目をやり、歩き方が変わります、と答えは短かったが、その簡潔さが私には思いやりと感じられ、親しみが湧いて、どんな風に変わるんですか、と尋ねると、婦長は引き出しを開けて〈異文化とかかとに関する社会医学的考察〉というパンフレットを一冊さしだし、あとは時間がないのだという事をはっきりさせるため、机の方に向きなおって仕事を再開した。ずっと漂っていたものについてこの時、言葉が浮かんだ。ラベンダーの香りがしているのだ。それと同時にまた分かったのは、私にとって婦長と話すことが人生のどんなに大切な転回点になろうとも、婦長にとっては私と話すのは仕事の一部に過ぎず、早く終わればば終わるほど良いに違いないということだった。私は部屋を出てゆっくり窓口へ向かい、書類を提出すると、受付の看護婦はまた首を左右に振り、大げさに溜め息をついてみせた。帰りのバスはなかなか現れず、あたりはすっかり暮れて林の上部の輪郭が影絵のように夜空に浮かび上がっていて、病院を振り返り、婦長の部屋の窓を捜したが、それらしい暗い窓はいくつもあり、この町には私が交通事故にあっても悲しむ人など誰もいないのだ、私がしている事を知っている人は誰もいないのだ、と自分を感傷的気分に追い込んでみたが、さっきの涙は乾ききっていて、なぜさっきは涙を誘われたのかもう思い出せなかった。

残念なことに婦長のくれたパンフレットはバスの中に忘れて来てしまったので、かかとについて私は無知のままこれからも過ごすしかなく、歩き方も少しおかしいのだろうけれど、笑われても理由はわからないままになるらしかった。家へ帰るとやはり空腹感はなく夕食も作ってなかったので、そのまま寝巻きにも着替えずにベッドにうつ伏せに身を投げ、目を閉じるといつの間にか眠ってしまったらしい。夫は出張にでも出かけたのか、夢の中には現れず、私がひとり工場の倉庫のようなところで待っていると、人影が音もたてず近づいてきた。真っ暗で顔は見えなかったが、ラベンダーの香りで婦長だということがわかった。私はその膝に倒れ込んで、おいおい泣いたが、婦長は私の望んだように髪を撫でてはくれず、錠前屋の仕事について何か説明し続け、私が、それは私向きの職業じゃない、鍵を作るより壊す方が向いている、と言うと、婦長は笑って、錠前屋は鍵を壊すことも出来る、もし家の鍵をなくしたら、お札五枚もあれば、どんな鍵でも壊してくれる、と教えてくれた、鍵穴をネジ回しでほじくって壊すのだそうだ。そんな仕事はいや、私も看護婦になりたい、と言うと、婦長はその言葉を待っていたのか、初めて私を強く抱き締め私はその瞬間、看護婦にだけはなりたくないと思ったが、そのまま婦長の頬に自分の頬を押しつけて、ラベンダーの香りを吸い込んだ。婦長はしかし急に私を引き離し時計を見て学校に遅れるわよ、ときびしく言ったので、私は勇気を出して、学校はつまらないから行きたくない、と言うとそれじゃあもう、この倉庫で待ち合わせるのも止めましょう、と言うので、私は学校へ行かざるをえなかった。というのは、もう婦長のいない生活なんて想像もつかなくなっていたのだ。私が学校へ行くことを約束すると、婦長は私の右足を胸に抱いて、哀れむように愛撫し始めた。足の甲を熱くなるまで丸くさすり、足の指を一本ずつ手のひらに包み、接吻し、それが高じて、しゃぶりつくようになり、むしゃぶりつく激しい音と前歯のカスタネットに私は不安になって、足を取り戻そうとしたが、足は力がなくなっていて、おもちゃのように婦長の手の中にあり、これではもう歩く力もないから遠くへは行かれない、と思った。

この日は目が覚めるのが本当は恐ろしく、机の上のお札が五枚より少なければ、私は夢の中の婦長からも解放されて、ずるずると結婚生活を続けることができるはずだったが、見ると、やはり五枚あった。昨日、寝巻きも着ないでそのまま酔っぱらいのように倒れて寝たので、夫は罰として、お金を差し止めることもできたろうに、なぜ律義にも定められた通り、さわりもしなかった娼婦に金を恵んでやるように、毎朝、わざわざ早起きして、ひそかにお札を置いていくのか。もしかしたら、壁に穴があって毎朝、お金を手に取る私の間の抜けた顔を観察しているのかもしれないし、ひょっとしたら壁全体がマジックミラーで夫の部屋から見ると、こちらが水族館のように丸見えなのかもしれない。私は隠れている者を捜し出したり、暗闇にまぎれているものを光の中へ引き出してくるような柄ではないが、おいつめられて、そうせざるをえないよう仕組まれていれば、また年上の女性にそそのかされれば、思い切ったことでも意外に淡々と実行してしまう。本気か本気でないのか自分でもよく分からないまま、町に出て、商店街へ入り、ある店を捜した。そういう店がどんな外見をしているのか、だれに教わった訳でもないのに分かってしまう、そんな時には、自分はもしかしたら以前にもこの町に来たことがあるのではないかと思ってしまう。

錠前屋は牛皮のエプロンをした痩せたのっぽで、体は骨ばっていたが関節の数が普通の人より多いのか、いろいろな関節を器用に曲げて狭い店の中をめまぐるしく動き回っていた。すみませんが、あの、と私は、錠前屋が振り返って私を見て私に対する態度を定めるまで待とうとしたが、錠前屋は私を見ても顔色ひとつ変えず何も言わなかった。あの、錠前屋は鍵を作るだけでなく鍵を壊すこともできるというのは本当ですか、と尋ねると、誰がそんなこと言った、と訊くので、総合病院の婦長さんです、と答えると、俺は病院なんぞへ行って赤の他人に耳の穴まで覗かれるのは御免だね、幸いここ十年、怪我も病気もしてないが、たとえ何があっても医者とおまわりの世話にはなりたくないね、と不機嫌そうに言った。私は話の切りだし方が悪かったと悟って、ちがった話の持ちかけ方はないかと捜し、芸はないが正直に、夫が部屋にこもって出てこないのでドアを壊して中へ入ろうと思うのですが、と言ってみると、錠前屋は首を左右に振って、だらしない男だ、喧嘩して女房に怒鳴られて部屋に逃げるなんて、と言うので、喧嘩なんてしてないんです、理由もなく閉じこもって呼んでも出てこないので心配で、と真剣に訴えた。私の心は自分の芝居にだまされて真剣になっていて、断られたら泣き出すかもしれず、錠前屋は私の顔色にぎょっとしたのか、じゃ自殺かと訊き返し、私は、そうとも違うとも答えなかった。

そんな私の真剣さを察して錠前屋は店を弟子にまかせ、仕事道具を鞄につめて、私と一緒に家へ来てくれることになった。道々、旦那の仕事は何だ、とまた訊かれ、とっさに小説家です、と答えると、錠前屋はうなずいて、そういう男は部屋にこもりがちだろうな、とつぶやいた。家の前に立つとさすがに気がひけて、これで結婚生活を破滅させることになるのかもしれない、と思った。もしかしたらこれが当り前の結婚というものなのに私の無知とせっかちが原因で今何もかもが壊れていこうとしているのではないか、生活の隠された一部がいつまでも幕を上げない感じ、それが続いて、ほのめかすように快楽が通り過ぎ捕らえ処がない、そのうち雑事が肥大して生活を満たしていく、みんなもそんな結婚生活をしているのではないか、それなら何もそれを壊すこともない、と思う一方、また残酷な気持ちが湧き起こり、夫の部屋をこじあけて、捕まえて、じろじろ見てやりたい、それが子供でも、老人でも、死体でもかまわない、と思い、錠前屋をせかして、さあさあ入ってください、二階なんですよ、夫の部屋は。ずいぶん廊下がきしみますね、悲鳴みたいで気味が悪いな、と文句をつけながら、錠前屋は私の後をついて階段を上がり、ドアの黒さについては何も言わず、ただ変な形の鍵穴だねえ、と言って少し距離を置いて観察しているので、壊せないんですか、こんな形じゃあ、と私が早々と心配するのを、鼻先で否定しドライバーを手に取って鍵穴の前に、神に祈る人そっくりにひざまずいたが、急に振り返って、立っている私を見上げ、五枚いただきますぜ、と念を押した。私はポケットからお札を出して見せ、錠前屋はうなずくと、ぐいぐい鍵穴を壊していった。〈穴〉を壊せるわけはなく、錠前を壊したのだろうが、私には穴が歪んでいくのしか見えず、見ていると、吐き気がしてきたが、自分で頼んだことをまたやめてもらう理由も見つからなかった。誰だって、これまでそれでいいと思ってきたことを、他人の仕事道具の力でこんな風に壊されていくのは、屈辱としか感じられないだろうけれど、私には他にどうしたらいいのか分からない。錠前屋は仕事が順調に進んでいるらしく、鼻歌を歌い始め、全身の力で、ないはずの穴の中身をぐりぐりほじくり出し、今にも自分が鍵穴から中へ体ごとのめり込んでいってしまいそうだった。私の目は錠前屋の指先に引きつけられ、吸い込まれていくようで足の力が抜け、ドアがきしんで開いても、体は動かなくなっていた。誰かが引っ越していってしまった後のような、がらんとした灰色の部屋、その真ん中に、何か小さなものが横たわっていて私にはそれが何かすぐに分かったが、分かったことを頭の中で単語に翻訳しまいと頑張った。そんなことを認めるのはいやで、もちろん悲しくはないし、腹も立たないけれども、全く意味がないし、こんな馬鹿げた事はあとかたなく消えてしまうべきで、私さえ忘れてしまえばこの世からこんな物語は消えてしまうのだから、誰かにうっかり話してしまわないうちに薬の力を借りてでもいいから、とにかく忘れるべきで、錠前屋は事情を知らないから、これをさほど変にも思わず忘れてしまうだろうけれど、つまり、部屋の真ん中に死んだイカがひとつ横たわっているという事実、これ自体は不思議でも何でもなく、私が未亡人になってここに立っていること、それも別にめずらしいことでなく、妙な繋がりやいきさつさえ消してしまえば私は新しい出発が出来るはずで、そもそも私が殺したんじゃない、私は自分の卵と帳面が取り戻したくて、ドアを壊してもらっただけなのだから、と心の中でしきりに繰り返していた。

三人関係

吸い込まれるように、覗き込んでしまう。いつも、そうなのだ。カバーをめくりあげたら、ガラス板の上にオリジナルをのせて、ボタンを押せばいいのに、そうする代わりに、ガラス板の中の世界を覗き込んでしまう。すると、そこには、からっぽの空間が広がっている。部品も何もない、がらんとした複写機の内部が、私に向かって開かれている。

コピー、終わりましたか、と、後ろで厳しい声がするので、あわてて複写機のカバーをおろして、振り返ると、見慣れた顔があった。もう何年も同じ会社で働いているというのに、相手の名前が思い出せなかった。そのうち、相手の姿が、紙に印刷された〈挿絵〉のように見え始めた。顔の起伏も、唇の湿り気も感じられず、ワイシャツに包まれた痩せた上半身が、背後の壁から、少しも浮き上がって見えない。

まだですよ、すみませんけれど、と私は、答えた。まだまだ、時間がかかりそうなんです。そう言われると、相手は、表情も変えずに、ひらりと身をひるがえして、消えてしまった。あの人は、手に何も持っていなかったけれど、いったい何をコピーするつもりだったのかしら、と独り言をもらす私自身の手の中からも、書類は消えてしまっている。もう一度カバーをめくり上げてみると、ガラスは、依然として、曇りなく透き通っているのだった。何もない空間が、その向こうに広がっている。自分が、ガラスのこちら側に閉じ込められているようでもある。

私は、透明なものが嫌いだ。マジックハウスのように、透明な壁で複雑に仕切られた迷路の中を歩いていく。時々、会社の中に複写機があるのではなく、複写機の中に会社があるのではないかと思うことがある。一見、広々として、何の障害もないような場所だが、数歩進む度に、額か鼻に石で打たれたような強い衝撃を感じる。冷たく透き通った容赦のないガラスの表面が、私を打つのだ。もちろん文句は言えない。ぶつかるのは、私が悪いのだから。両手を前に伸ばして、触角のように動かしながら、用心深く進んでいけばいいのに、そうしない私が悪いのだ。透明なものには、文句を言うことができない。透明なものとは、喧嘩することができない。

向こうから、女子社員がふたり、近づいてくる。あの人の肌って透明感があるわね、とひとりが言うと、どこにも濁りがないからね、と、もうひとりが、妙な答えを返す。そう言う彼女たち自身の肌が、透き通っていることに私は気がついた。ガラス板と同じで、向こうが透けてみえる。次にやってきた女子社員の肌もまた、透き通っていた。化粧の仕方によっては、あんな肌が作れるのだろうか。廊下の時計は、十二時を指していた。前方から、人の波が押し寄せてくる。気がつくと、肌の透き通っていない人間など、ひとりも見当たらないのだった。

そんなある日、川村綾子という大学生が、アルバイトをさせて欲しいと言って、うちの課にやってきた。新聞の求人広告で、この会社の名前を見て興味を持ったのだと言う。私の目は、すぐに綾子の肌に釘づけになった。綾子の肌には、透明感が全くなく、まるで土をこね合わせて焼いたように、重量感と暖か味があり、それでいて、床に落としたらあっけなく割れてしまいそうだった。綾子の目は、埴輪の目を連想させた。形が似ているだけでなく、明るいとも暗いとも決めがたい目の光が、穴をあけただけの埴輪の目の表情と似ていた。

埴輪の目には、悲しみも喜びもない。その目の表情に似合いそうなセリフは、私には思いつかないし、個性と呼べるようなものもない。とりとめもなく、謎めいて、しかも、くつろいだ表情。博物館で、そんな埴輪をつくづく眺めながら、私、こんな人にあこがれるなあ、と言うと、萩が、不気味だね、と答えたことがあった。なんだか章子さんに似ているみたい、と私が言うと、萩は、聞こえなかった振りをした。もう二年も前のことだ。章子さんは、萩が、私と出会う前につきあっていた女性だった。萩が、章子さんと本気で別れると言い出した時、私が、それをとめたのは、章子さんの不思議な魅力に、私の方が取りつかれていたからかも知れない。別れるなんて言わないで、三人関係しましょう、と私が言うと、萩は不快そうな顔をして、三角関係とか、そういう面倒なことには巻き込まれたくないんだ、と言った。三角関係なんて言ってないじゃない、三人関係って言ったのよ。萩は全く取り合わなかった。私が、あまりしつこく、その話を持ち出すので、しまいには、怒り出した。

そういう私自身もまだ、当時は、三人関係というのが、どんなものなのか、はっきりしたイメージは持っていなかったが、萩と別れてから、それが、次第にはっきりしてきた。つかみどころがなく、ぼんやり、ゆったりとした関係。誰が誰と結びついているのか、わからないような関係。いつも、ふたりで、残りのひとりの噂話をしているような関係。おしゃべりから成り立っている関係。女性ふたりと男性ひとりの関係。あるいは、女性ひとりに男性ふたり。でも、いったい、どこの誰と、三人関係を作ればいいのか、私には、見当もつかなかった。相談をもちかける友達もいなかった。私は、ガラス板の間をさまよい歩きながら、誰とも話をせずに毎日を過ごしていた。

川村綾子が、私の目の前に、黙って座っている。昼休みに、行きつけの食堂に誘ってみたのだが、いざ、向かい合ってみると、話題が何もない。大学では何を専攻しているの、とでも尋ねればいいのだろうが、それより、綾子の肌の感じが不思議で、それ以外のことには、あまり興味が持てない。しばらく、何を言おうかと迷ってから、本はどんなものを読むの、と尋ねてみた。綾子は少し考えてから、山野秋奈のエッセイが好きだと答えた。私は、好奇心が快く騒ぎ出すのを感じた。人が自分と同じ作者が好きだということ自体は別に嬉しいとも何とも思わない。が、いつも、ひとりで著作を読むだけで、めったに声に出したことのなかったこの作者の名前が、突然、響きを伴って現れたことに新鮮な驚きを感じた。しかも、その名前が、この不思議な肌を持つ綾子の喉の奥から出てきたのだ。綾子に名前を呼ばれて、山野秋奈という作者が、急にナマ身の人間になって、目の前に現れてきたような感じさえした。

ヤマノアキナが好きとはね、と、私は、その名前を自分でも発音してみたいというだけの理由から、そう言ってみた。思えば、山野秋奈は、私にとって、他の作者たちとは違った意味を持っていた。私には、この作者が、書物の裏に隠れて、こっそり、私の運命を決定してきたような気が時々したものだ。その作者が、今、急に名前を呼ばれ、書物を背後に置き去りにして、こちらに向かって歩いてくる。山野秋奈が目の前まで来たら、私は、お久しぶりです、と挨拶するだろう。そして、そう言ってしまってから、彼女と話をするのは、これが初めてなのだから、お久しぶりです、ではおかしい、と気づくだろう。萩っていう男は、あたしがあるエッセイに描いたタイプの男性そのものだったでしょう、と彼女が尋ねる。私は頬のほてるのを感じながら、うなずく。だから、別れたんでしょう、と彼女が決めつけるように言う。それは、違う、と私は言おうとするが、いつの間にか、うなずいている。彼女は、気持ちよさそうに笑ってから言う。そうなって、当り前よね、あなたの体験することは、あたしが書いたことだけなのよ。これからも、ずっと。

ヤマノアキナなら、私も好きなの、と言うと、綾子は、表情を動かさずに、それは面白い偶然ね、と言った。それから、山野秋奈のものを読むようになったきっかけを話してくれた。綾子は、絵を描くのが好きで、高校時代は、美術部に入っていたそうだ。その美術部の担任の山野稜一郎が、秋奈の夫だと聞いて、関心を持ったのが、きっかけだった。先輩にひとり、秋奈の著作の愛読者がいて、綾子に、秋奈の書いた本を次々貸してくれたそうだ。

その後、高校をやめて、創作活動に専念し始めた山野稜一郎の写真を私は、ある雑誌で見たことがあった。萩が、その雑誌を持ってきて、見せてくれたのを覚えている。とすると、これも、もう二年以上も前のことになる。萩のいとこに杉本という名前のジャーナリストがいて、時々、私と萩に、芝居や展覧会の招待券をまわしてくれたのだが、雑誌の記事は、確か、この杉本が書いたものだった。

萩に関係のあることを思い出そうとすると、すぐにプツンと記憶のチェーンが切れてしまって、終わりまで思い出すことができない。そのくせ、思い出すのはやめようと思うと突然また、チェーンの切れた断面が目の前に現れ、先をたどってくれと、せがみだす。

もう会社にもどらないと、と綾子が腕時計を見て言った。でもよかったわ、こんな所でこんなお話のできる人に出会えるとは思わなかった。私は、綾子のように将来のある大学生の目から見ると、〈こんな所〉としか呼びようのない会社に自分が所属していることを思って、少し気が沈んだ。

山野秋奈が書物の背後に隠れていて私の生活を左右していたと言っても、私は、彼女の姿を一度も見たことがなかったわけではない。一度、講演会に出掛けていって、最前列に座って、話を聞いたことがある。ひょっとしたら、その時すでに、私は、この作者を自分と同じ空間に引きずり出してみたいと、心のどこかで望んでいたのかもしれない。が、実際には、それと全く逆のことが起こってしまった。私は、自分が彼女とは別の空間にいることを思い知らされた。舞台照明と呼ばれる光のせいだろうか。会場が暗くなり、ざわめきが静まり、舞台だけが明るく照らし出された瞬間、これはもう無理だ、と直感的に悟った。私には彼女が見えるのに、彼女には私が見えない。彼女は話す一方で、私はそれを聞くだけ、彼女は中心人物で、私は大勢の聴衆の中のひとり、この何重にも保証された不均衡のせいで、私には、彼女と同じ場所にいるという感じがしなかった。その上、光が私の目には明るすぎたのか、彼女の姿は、逆にぼやけて見えた。肌と、その肌を包む大気の間の境界線がぼやけて、身体が半分消えかかっているようにさえ見えた。マイクロフォンのせいで、声の背後にかすかな雑音が入り、それが私には、別の世界から聞こえてくる人々のざわめきのように思えてならなかった。と言っても、彼女の話し方には、秘教的な響きは全くなかった。ただ、彼女の声を聞くと、脳を包む薄い皮に、指で直接ふれられたような感じがするのだった。ふれられると、その皮は一度重く固まり、ギプスのように脳ミソを締めつけ、それから急に軽くなり、蟬のぬけがらのようにカラカラと落ちていくのだった。

＊

綾子が、また、私の前に座っている。いつもと同じ食堂の、同じ席だ。綾子がアルバイトを始めてから、すでに一月以上がたっていた。綾子は、週に二、三回、大学の授業のない日に来ては、おしゃべりもせずに、黙々と仕事をして、帰っていった。昼休みには、ほとんど、いつも、私といっしょに食堂に行くようになっていた。

あたし、来週、山野秋奈の家に遊びに行くことになったの、と綾子が、何度も続けてまばたきしながら告げた時、私は、それは早すぎる、と思った。私の中に朦朧と浮かぶ期待のようなものに、私がまだ脚本を与えていないのに、綾子はもう行動を開始してしまったのだ。私が何も答えられずにいると、綾子は、決まりわるそうに微笑んで、すぐに話題を変えてしまった。

昼休みが終わると、私は複写機の前に立った。考え事をする時には、コピーをするのが習慣になっていた。ひとり、複写機の前に立ち、カバーをめくり上げると、その中には、私だけの世界が待っている。何もない空間の広がりの中に吸い込まれそうになりながら、私は考え始めた。

綾子が、初めて私と話をかわした日以来、一度も山野秋奈と稜一郎のことを話さなかったわけではない。たとえば、展覧会で稜一郎と出会ったと言っていたのは、三週間くらい前のことだ。その数日後、秋奈の講演会へ行った話も聞いた。が、それらは、みんな、断片的な報告に過ぎず、私も、気にはなっていたが、出会いの状況がはっきり思い浮かべられなかったため、すっかり忘れていた。それが、急に、話の進展の速さに気づかされ、私は、後れをとるまいと焦りを感じたのだった。稜一郎との展覧会での出会いは、どんなものだったのだろう。

ストーリーを作るのは、簡単だ。自分のことを話せと言われると、話すことが何もない私も、他人の話なら、いくらでも作れそうな気がする。もともと私は、何かの出来事に巻き込まれるタイプではないのだと思う。だから、綾子のような人のまわりに、出来事を作り上げて、綾子をそこに巻き込んでしまいたい、と思う。

綾子が、展覧会で稜一郎に出会い、今度一度遊びに来るように、と誘われる。妻に一度会わせたいんでね、そう言って、悪戯を企む子供のように、にやにや笑っている稜一郎は綾子が、秋奈に恋していることを知っているに違いない。

稜一郎と偶然に出会ったのは、美津葉ギャラリーで行われたグループ展の時だ、と確か綾子は言っていた。あのギャラリーなら、私も萩と行ったことがあった。ギャラリーの隣には、喫茶室があって、南向きの壁は、床までガラス張りで、そのガラス越しに、瘤の多い樹木が見えたのを覚えている。あの喫茶室に向かい合って話をしているふたりの顔を、私は思い浮かべてみる。

一度、遊びに来て下さい、住所はここです、と言われて、名刺を差し出され、綾子の胸には、ぼんやりとした期待が、広がり始めたに違いない。もちろん、先生の家に来るように言われたことは、嬉しいし、憧れの作者、山野秋奈に会えることも嬉しい。が、それだけでは、説明のつかない何かを、綾子は感じなかっただろうか。

ここで綾子が、自分でもそれと気づかずに、稜一郎に恋してしまったことにしては、どうだろう、とも考えてみたが、やっぱり、思いとどまる。それでは、ただの三角関係になってしまう。もっと心の躍るようなストーリーはないのか。稜一郎は、綾子にとっては、憧れの秋奈に会うための〈踏み台〉に過ぎない、ということにしたらどうだろう。が、私は、稜一郎を、ただの〈踏み台〉にしてしまいたくはなかった。私は、まだ実際には出会ったことのない、この画家に、好意と関心を感じ始めていた。

そこまで考えた時、長い間、自分でも忘れ切っていたひとつの記憶の断片が、突然、舞いもどってきた。秋奈さんは、稜一郎先生を〈踏み台〉にして、あそこまで有名になったんだから。そう言ったのは、萩のいとこの杉本だった。杉本と、ある劇場のロビーでばったり出会い、〈踏み台〉のことで口論になったのは、いつのことだっただろう。萩と別れてから、あまり月日がたっていなかったことは確かだ。萩の名前が出ないように、杉本が気をつかっていたのを覚えている。しばらく話しているうちに、山野稜一郎の話になり、稜一郎とは、年齢は離れているが、昔は親友で、いっしょに中近東を旅行していたこともある、と杉本が、話してくれた。それなら先生の奥さんのことも知っているの、と私が意気込んで尋ねると、ああ、知ってるよ、と杉本は、あまり気乗りしない調子で答え、彼女は、亭主を〈踏み台〉にして有名になった、というようなことを言ったのだった。私は、思わず腹をたて、何か皮肉を言った。すると、杉本は、どうせ君には、こういうことは理解できないだろう、と言ったのだった。それが、きっかけになって、長いこと、杉本と口論した。ひどい喧嘩をしてしまった、と家へ帰ってから後悔したのを覚えている。が、今思い出してみると、杉本への怒りはすっかり消えていて、むしろ、夢中で口論したのが、なつかしくさえ思える。あれ以来、あんなに夢中で人と話をしたことなど、ないような気がする。杉本が秋奈を嫌っていることさえ、今ではむしろ興味深く思えるのだった。

稜一郎にもらった名刺を綾子は家に帰って、部屋の壁に画鋲で留めたに違いない。綾子は、会社でもすぐに、情報誌から切り抜いた記事などを右手の壁に、画鋲で留める癖がある。しかも、前に留めたものを剝がさずに、上から次々留めていくので、壁はかさぶたのような紙片に被われている。

綾子は、稜一郎に出会ってから、数日後、秋奈の講演を聞きに、横浜まで出掛けて行った。講演会があることは、雑誌で知った。講演の終わった後、ホールを出て、廊下の自動販売機で冷たい麦茶を買って飲んでいると、秋奈が、数人の女性達と話しながら、出てきた。どういう訳か、綾子はその時、秋奈の視線が、自分のお臍のあたりにぴったり止まったまま、動かなくなったように感じた。綾子は、その視線に巻き取られていくかのように、秋奈の方へ引き寄せられていった。秋奈が目を細めて、今日はすっかり話が長くなってしまって、おまけに中野の時と内容が同じだったから、退屈したでしょう、と綾子に向かって言った。綾子は、何度もまばたきした。何ヵ月も前に、中野のあの大きな会場で、いくら綾子が最前列に座っていたとは言え、秋奈が顔を覚えていてくれたのが、信じられなかった。秋奈といっしょにいた女性達の顔が、いっせいに綾子の方に向いた。無関心そうな顔もあれば、意地悪そうな顔、臆病そうな顔もあるが、みんな、どこか似ていて、まるで、姉妹のようだった。綾子は、何か言わなければ格好がつかなくなり、自分が稜一郎の教え子であることを話した。共通の知人がいるとわかると、話がしやすくなることが多いが、この場合は、そうはいかなかった。秋奈は、別に驚いた様子も見せず、特にうちとけた様子も見せず、軽くうなずいただけだった。そのうなずき方は、妙に機械的だった。綾子も、それにつられて、あやつり人形のように、腰から上を九十度倒してお辞儀して、それでは失礼します、と唐突に挨拶して、その場を離れた。

もちろん、綾子は、こんなにくわしく、その時の話を私にしてくれたわけではない。綾子が実際に口にした言葉を、そのまま綾子の声で、頭の中で再現してみようとすると、〈廊下に出たんだけど〉とか、〈みんなにジロッと見られちゃって〉とか、そんな断片しか浮かんでこない。でも、自分なりにストーリーを作り始めてみると、抜けているところなどなくなって、自分がその場に居合わせたような気にさえなってくる。

コピー、終わりましたか。背後で厳しい声がするので、振り返ると、吉岡さんが立っていた。紫色のフレームがいやによく光る眼鏡をかけている。眼鏡のレンズそのものは磨き上げられ、完全に透き通っている。この人とはまだ一度も話らしい話をしたことがない。勤めている課も別だし、食堂でも見かけたことがない。それなのに、なぜ私は、この人が吉岡という名前だと知っているのだろう。そう思うと、吉岡という名前が、意味のないもののように思え、腹立たしくさえなってきた。それに、なぜ、みんな同じことばかり私に尋ねるのだろう。コピー終わりましたか。まだコピーしているんですか。いつになったらコピー終わるんですか。それも、まるで、コピーするのがいけないことだとでも言うように、厳しい声で尋ねるのだ。

綾子が、うつむいて、右手で、左手の人さし指の爪をむしっている。爪の先は、セロハン紙のように薄くなって、ぼろぼろに破れている。意外なものを見てしまった私は、目をそらそうと思ったが、かえって、じっと見つめてしまった。山野秋奈の家に行くことになったたって、この間、言っていたでしょう？　綾子はうなずいて、稜一郎からハガキをもらったのだ、と話してくれた。ハガキには、個展の初日に自宅で内輪のパーティーをするから是非来て下さい、と書いてあったそうだ。そう話しながらも、綾子は爪の先をいじくるのをやめない。いじくるどころか、三角形に飛び出した部分を、自分でちぎり取ろうとしているのだ。どうしたの、その爪。私は、一瞬、ハガキのことも忘れて尋ねた。爪が、毎日、薄くなっていくみたいなのよ、綾子が、答えた。紙みたいに簡単にちぎれちゃうの。

個展の初日って、いつなの？　私は、話をもとにもどした。今度の日曜日よ。綾子は、他人事のように答えた。綾子があまりあっさりしているので、私は、物足りなさを感じ、つい、挑発的な調子で、山野先生に恋したら、どうするつもり、と尋ねた。綾子は、驚いて私を見たが、何も答えなかった。後から考えてみると、私自身、山野先生というのが、秋奈のことなのか、稜一郎のことなのか、わかっていなかった。

＊

ずっと忘れていた無数の顔の中から、不意にひとつの顔が鮮明に浮かび上がってくることがある。私は長い間、忘れていた杉本のことを、頻繁に思い出すようになっていた。この男が昔、稜一郎の親友だったというだけで、たいへん重要な人物に思えてきた。

月曜日の夕方、萩と昔よく行った本屋に久しぶりで出掛けて行った。店を今週いっぱいで閉めるから、その前に古本の大安売りをする、とある雑誌に出ていたので、久しぶりに行ってみたのだった。誰でも知っているっていう本屋とは違うからなあ、と萩がよく自慢にしていた本屋だ。私には、普通の本屋とどこが違うのかわからなかったが、それでも、中に入ると懐かしかった。その本屋で偶然、杉本に出会った。私は、本屋に入るといつも、本の背表紙だけを追っていき、まわりを見まわしたりはしない。たとえ見まわしたとしても、杉本は、〈さえない〉という表現のぴったりな男で、大勢、人のいるところでは決して目につかなかったから、もし彼が私の隣に立って、音をたててページをめくっていなかったら、私達は、お互い気づかずに店を出たかもしれない。杉本は私より首ひとつ背が高いので、せわしなくめくられるページは、ちょうど、私の耳の高さにあった。その音が耳障りなので、ちょっと見ると、無骨な指が、ページを後ろから前へ、あわただしくめくっている。

こんにちは、お久しぶり、後ろから前へ読書中？　と声をかけると、杉本ははっと我に返って、怯えた目で私を見た。私だとわかるまで、数秒、杉本の目は怯えたままだった。何を読んでいるの？　杉本は、悪戯を見つかった小学生のように、しぶしぶ本の表紙をこちらに向けた。山野秋奈の本だった。悪いことを尋ねてしまったような気がした。それでも何も言わないのも気まずいので、面白い？　と尋ねると、杉本の顔に少し自信がもどり、つまらないね、とはっきり答えた。

つまらない本だから、後ろから読んでいるの、それとも、後ろから読んでいるから、つまらないの？　私が意地悪く尋ねると、杉本は私を睨み、口を開きかけてやめた。私は、劇場のロビーで杉本に偶然出会って、口論したことを思い出した。あの時も、秋奈の話が原因で喧嘩になったのだった。杉本も同じことを思い出したらしく、口元に苦笑が浮かんでいた。

お茶に誘うと、杉本は、意外と気軽に承諾してくれた。本屋のすぐ近くの喫茶店に入った。山野先生の家で、パーティーがあったんですってね。もちろん呼ばれたんでしょう？　どんな風だったの？　私は早速、そんな質問をした。杉本の近況を尋ねることさえ、忘れていた。稜一郎の名前が出ると、杉本の表情はやわらいだ。

どんな風だったの、パーティーは。羨ましいわ、そういう場に招待される人は。私なんかは、面白いことが何もなくって。そんな風に言いながら、私は、話が聞きたいために、媚びへつらっている自分に気がつく。一方、杉本の方は、いったい私が何をそんなに聞きたがっているのか見当もつかないらしく、パーティーか、あれは悪くなかった、展覧会の初日でねえ、とそのくらいしか言うことがない。それで、どうだったの、パーティーは、と身を乗り出しても、どうって何が、と杉本はきょとんとしている。例えば、家はどんな家なの、先生の住んでいる家は。

私はどういうわけか、綾子が、秋奈の家に行くことになった、と言い出してから、勝手にその家の間取りを頭に思い描いていた。中庭があって、まわりを書斎とアトリエが交互にいくつも取り巻いている家。中庭には、昔は大きな柿の木が生えていて、それが家の屋根よりはるかに高く、突き立っていたのだろうが、今は何もない。まるで家の真ん中に穴があいたように何もなく、だから、家全体が回廊のようになっている。居間はなく、寝室もなく、台所もなく、書斎とアトリエだけが交互に幾つも並んでいる家。

どんな家か、と私に質問されて、杉本は困っている。自分の顎を撫でながら、家か、とつぶやいた。家は、広くて、やっぱり画家だなあっていう感じかな。

私はいつの間にか、自分が杉本と結婚して、夕飯の席についている場面を思い描いている。私は何かを聞き出そうとして質問を重ね、杉本は箸を動かしながら、気のない返事をしている。どうして私がそんなことを知りたいのかが、杉本には見当もつかないのだが、理由を敢えて知りたいとも思っていない。一方、私の方は、自分からは何も話すことがないので、退屈して、質問責めで杉本を苦しめている。杉本は、私の顔を見ないよう、茶碗の中の御飯粒をにらみつけながら食べている。しろっぽい色の薄い唇の間に、御飯粒が次々消えていく。御飯粒が絹糸に変わるはずはないのだが、私は、蚕の口から絹糸をたぐり出すように、その口から物語をたぐり出そうとして、貪欲にその口元をにらんでいる。が、その口は飲み込むばかりで、何も送り出さない。

やっぱり画家だなあって、どういう意味よ？　それに、奥さんの部屋は？　やっぱり本がたくさんあるのかしら。私は、なおもしつこく尋ねた。杉本は眉をひそめて、あっちは見なかったけれど、でも、と言った。〈あっち〉というのが、どうやら秋奈の部屋のことらしい。でも何？　私は、言葉の端を捕まえて問い詰めた。でも、本だったら、彼の方が奥さんよりもたくさん持っているんじゃないかな、あの人は、文字の世界に見切りをつけて絵の方に行った人だから。

それから、また、あの〈踏み台〉論が出てしまった。稜一郎は、文字の世界にも通じていたが、中途半端なものでは納得できずに、途中で止めた。それに対して、秋奈の方は、自分だけの世界など持っていないが、稜一郎を〈踏み台〉にして、うまく時代の流れに乗って有名になった、と杉本は言う。この間と違って、あまり腹が立たなかった。むしろ、杉本にこんなに嫌われることで、秋奈という女性が、ナマ身の人間として感じられてきた。ところが、次に杉本が言った言葉が、私を再び怒りの渦に巻き込んでしまった。杉本は、溜め息をついて、付け加えたのだ。あんな風に見えても、あの人も本当はやさしい人なんだろうけれどね、弱いところもあって。だから逆に強がっているのかもしれない。本当は、守ってあげないといけないんだとは思うんだけれど。

どうして急に、そんな演歌みたいなこと、言うのよ、と私は嚙みつくように言ったが、興奮のあまり、言いたいことと、言ったこととの間にほとんど関係がなかったため、意味が伝わらなかった。杉本は、外国語で話しかけられたように、ぽかんとしていた。エンカ？私は唇を嚙んだ。演歌など、本当はどうでもよかった。秋奈が、強いか弱いかも、どうでもよかった。ただ、普段は強がっている人が〈本当は〉弱くていい人だったなどという、どこかで聞いたような筋書きに、秋奈を塡め込んでしまおうとした杉本に、腹が立ったのだった。秋奈が嫌いなら、徹底的に嫌えばいいのに。心の中で、そう思ったが、口にはできなかった。

それで、パーティーは、どうだったの？　私は、まだ煮え切らないものを喉もとに感じながらも、無理に話をもとにもどした。杉本と喧嘩をして、肝心の話が聞けなくなっては困る。明日になれば、綾子から聞けるのだが、杉本の話は、彼女のそれとは別の物語だろうから、両方から聞きたいのだ。私はその場に居合わせなかったせいか、いくら聞いてもまだ聞き足りない気がしてしまう。話を聞かなければ、私にとっては、何も起こらなかったのと同じことになってしまう。私のように、大切な場には決して居合わせない人間は、話を聞き出す以外、どうしようもないのだ。

奥さんの方、パーティーの日も、強がっていたの？　私はさっきの発作的な怒りのことなどすっかり忘れた振りをして、静かに尋ねた。杉本は、怪訝そうに私の目の中を盗み見て危険がないと悟ると、やっと答えた。いや、強がってはいなかったけれど、話をしていても隙がなくて、無駄なことはひとつも言わないから、お高くとまっているという印象を与えてしまったみたいだね。

喫茶店の隅に、ユリ科の大きな花が一本、生けてあった。何という名前の花だろう。黄色に黒の斑があでやかすぎて、造花のようでもあったが、花弁のしなう柔らかさは、本物のようでもあった。あの花、本物かしら。気になるので、つい口に出して言うと、杉本は振り返って花を見たが、何も言わなかった。大して意味のある質問だとは思わなかったらしい。さっきから、気になっていたのよ。私は、空になったコーヒー茶碗の取っ手をいじくりながら言った。そんなに気になるなら、さわってくればいい、と杉本に言われて、席を立ち、花にさわってみたが、驚いたことに、さわってもまだ本物の花か、造花か、わからなかった。あきらめて席にもどって、さわっても、わからない、と報告すると、杉本は笑って、それなら本物でも偽物でも同じだ、と言った。
そろそろ帰ろうか、と言って、杉本は立ち上がった。雨が降り出すと困るから。傘、持っていないんだ。

雨は、その日の夜のうちに降り出したのか、翌朝になってから降り出したのか、わからないが、杉本が〈雨〉という言葉を口にした瞬間から、私の耳の底で雨の音が響き始め、それは、箸を動かしている間も、眠っている間も、電車に乗っている間も、途絶えることがなかった。電車の窓も、店のショーウインドウも、ビルの窓ガラスも、水滴に覆われて曇り、そのため、見えるような見えないようなガラスの向こう側を、是非、見てみたいという気がしてならないのだった。透き通ったガラスよりも、雨粒に曇ったガラスの方が好きだ、と思いながら、通勤電車の窓から、ビルの窓を眺めた。電車を降り、会社のビルに入り、十階の廊下の窓から、しばらく、高架を走り過ぎる電車の窓を眺めた。何もかもが灰色にぼやけていて、それでも、じっと見つめていると、輪郭が赤みがかった土色に変わっていくように思えた。綾子の肌の色だ。昼休みになれば、綾子の話が聞ける。

パーティーは、どうだったの。さりげなく切り出すと、綾子は、私の好奇心にあきれてみせることもなく、あっさりと、先生、素敵だったわよ、と答えた。私は、そのさっぱりした言い方に、また物足りなさを感じた。綾子は私が落胆したのを敏感に察したらしく、ちょっと待ってね、と断ってから、細かいことを思い出して話してくれた。もちろん私が時々、質問を差し挟まなかったら、それも、比較的、簡単な報告だけで終わっていたかもしれないが、質問を重ねるうちに、綾子にも、私が飢えた肉食動物のように、この話の細部に飢えていることが、次第に伝わっていったようだった。

ドアを開けてくれたのは稜一郎で、よく来てくれましたね、と言う彼のおだやかな声の調子に、綾子はほっとしたそうだ。稜一郎が、スリッパを出そうと腰をかがめた時、右手で右脚の膝をかばって、顔をしかめているので、どうなさったんですか、と尋ねると、鳥に膝をつつかれてね、これも職業病ですよ、と答えて、稜一郎は笑った。綾子もつられて笑ったが、稜一郎の言った意味は、全くわからなかった。通された部屋は、本来はアトリエなのか、家具はなく、窓だけが、とても大きかった。一角にまるいテーブルが置かれ、寿司や果物が並べてあるところは、静物画を思わせた。そう言えば、ところどころに置かれた籐椅子に腰掛けて、雑談している客たちも、油絵の中から抜け出して来たように見えた。学生は見あたらず社会人ばかりだったので、綾子は緊張した。さあ、何にしますか、遠慮せずに、と稜一郎に勧められて、綾子は梨のジュースをもらったが、視線だけは、身体から離れて空中をさまよい、秋奈を捜していた。ひとりで立っているのは嫌なので、稜一郎にずっと近くにいてほしい、と思う反面、今夜の中心人物が、自分などとばかり話をしていたら、みんなに、ずうずうしい奴だと思われそうで、それも気がかりだった。だから綾子は、稜一郎の隣に立って会話をしながらも、落ち着きなくあたりを見回していた。

秋奈は、窓際の籐椅子に腰掛けて、鼻の下にヒゲをはやした同年代の男と話していた。そのヒゲは、遠くから見ると、鼻の下に蛾が止まっているようにも見えた。しゃべっているのは、男の方で、声は遠くて聞こえないが、男の両手は、秋奈を説き伏せようとしているのか、絶えず開いたり、閉じたり、組み合わさったりしていた。綾子は、そちらを見ているうちに、その男に反感を感じ始めた。そこで、稜一郎の方に身体の向きを変えて、明日かあさって、先生の絵を見に行くつもりです、今日は用事があって駄目だったんです、と言った。稜一郎の嬉しそうだった顔が傷ついたように少し曇って、僕の絵なんかどうしようもないよ、と言った。綾子は言葉に詰まって、また、秋奈の方を見た。稜一郎も、つられて、そちらを見た。ヒゲの男は相変わらず熱心にしゃべっていたが、秋奈は、無表情だった。話を終りまで聞いてから、反論するつもりなのだろうか。共鳴しているようには見えない。

この間、奥様の講演を聞きに行きました、と綾子は言ってみた。すると、稜一郎の表情は晴れあがり、あの人の話は面白いでしょう、と楽しそうに言った。綾子は、〈あの人〉という呼び方に多少驚いたが、嫌な感じはしなかった。そこで勇気を出して、はい、面白いですね、本当に、と答えた。奥様の講演を聞いていると、当り前のことが、次々当り前でなくなってきて、ああ、これも当り前ではないのか、あれも信じなくていいのかって思って、最後には常識がなくなってきちゃうんです。稜一郎は、面白そうに綾子の口元をしばらく見つめていたが、それから、笑うように鼻から息を出して、常識がなくなるとやっぱり嬉しいですか、と尋ねた。綾子はどう答えていいのか迷って、コップを握った自分の爪を見つめ、爪のくずれているのに気がついた。あわてて隠そうとすると、稜一郎は素早くそれを見つけて、爪をやられているんですね、いい薬があるからつけてあげましょう、と言って、綾子を自分の部屋に連れていった。稜一郎の書斎は、その日、アトリエに普段おきっぱなしにしてあるガラクタを押し込んだらしく、物置の中のように混雑していた。稜一郎は、机の引き出しから薬の缶を出して、窓の光にかざして、ラベルを読んだ。綾子は、部屋が暗すぎるという感じは受けなかったが、文字を判読できるだけの明るさがないことに、この時、初めて気がついた。引っ越しの時みたいですね。そう言って、綾子は両手を並べて、稜一郎の前に差し出した。鳥にでもついばまれたような爪が、十枚並んだ。

冷たい白いクリームが、その爪の先に塗られると、痛みが吸い取られて、消えていった。綾子は目を閉じた。手のひらが、火照ってきた。ずっと遠くの方で、自信に満ちた男の笑い声が聞こえた。あの、ヒゲの男にちがいない。誰が爪をこんなに食い破ってしまったの、稜一郎が尋ねた。綾子は、答えなかった。

綾子は、しばらくして、暗い部屋から、明るいアトリエにもどり、手持ち無沙汰なのでテーブルに近付き、小皿に桃を二切れ取って、椅子に座って食べ始めた。ドアの側で、稜一郎が、緑のワイシャツに赤いネクタイをした棒のような男としゃべっている。棒は細くても元気があり、ビールを忙しく流し込みながら、絶え間なく言葉を吐き出している。あんなのくだらんですよ、とその男が断言したのが、離れている綾子の耳にも、はっきり聞こえた。くだらない〈あんなの〉って何だろう、と綾子は思った。どこかの画家のことかもしれないし、その人の作品かもしれないし、その人の生活かもしれない。もし、あたしがその〈あんなの〉や、別の〈あんなの〉や、いろいろな〈あんなの〉について勉強して知るようになったら、あたしも、あんな口調で、くだらんですよ、と断言するようになるのだろうか。それとも、〈あんなの〉について、全然違った語り方ができるのだろうか。だって、あんな風にはなりたくないし、それでも〈あんなの〉について何も意見を言わせてもらえないのは、くやしい。そんなことを思いながら、綾子は、棒のような男をしばらく観察していた。

窓辺に三、四人、人がかたまって立っていたが、その中のひとりが振り返って、綾子を真っ直ぐに見つめた。秋奈だった。綾子は、桃を食べるフォークの動きを休めなかったが内股のあたりの筋肉が緊張するのを感じた。グラスを窓辺に置いて秋奈が近づいてきた。綾子は思わず立ち上がったが、その時、姿勢が軍隊式に直立不動になってしまった。この間はどうも、と挨拶したが、意味のないことを言ったと、すぐに後悔した。が、秋奈は、そんなことには気づかなかったらしく、いつもつまらない講演ばかり聞かされていたのでは割に合わないでしょうから、今日は思う存分食べてね、と言った。〈いつも〉と言うところを見ると、綾子が何回も講演会に出掛けていったことを知っているらしい。綾子は、居心地の悪さと嬉しさを感じ、何か、講演の内容について、まともな意見を言って認められたいと思いながらも、何も言うことが思い浮かばないので、代わりに、この桃は、美味しいですね、と言った。秋奈は、何も答えなかった。その眼差しは、〈桃〉という言葉が何を意味するのか、わかっていないような印象を与えた。綾子は、ますますあわてて、さっきご主人に薬いただきました、爪が痛かったので、と話題を変えて、両手を差し出して見せた。桃がどうかしたの、と、秋奈が訊き返した。いいえ、ご主人が、と繰り返しかけて綾子はつっかえた。〈ご主人〉などという古風な言い方が、秋奈の気に入るとは思えなかった。それに、爪が痛かったなどと、急に自分の身体の話を始めるのは、おかしい。第一、痛いのは、爪のくっついている指の〈肉〉であって、〈爪〉そのものではない。間違ったことばかり、しゃべっているのに、話が通じているのが不思議だ。いや、本当は通じていないのに、自分では通じていると思い込んでいるだけなのかもしれない。

　その時、秋奈は、誰かに呼ばれでもしたように、急に窓の方を振り返ると、急ぎ足でそちらへ歩いて行ってしまった。綾子は、桃を食べ終わると、急にさみしくなって、小舟のように、人々の合間を流れていった。誰もが議論や噂話に熱中し、彼等の声の渦の中でアトリエが、ぐるぐる回転しているように思えた。ふと見ると、もうひとり、黙ってぽつんと立っている人がいた。稜一郎だった。目が合うと、ふたりは、同時に笑い出してしまった。今夜の中心人物に、なぜ、誰も話しかけないのかが、綾子には不思議だったが、今度はあまり気の引ける思いもせずに、稜一郎に話しかけることができた。

　君は大学を出たら、何をするの、と稜一郎に突然、尋ねられ、綾子は、わかりません、と正直に答えるしかなかった。どこかの会社に就職して、それから結婚して子供でも生むのだろう、とぼんやり空想することはあったが、その他に別に思い浮かぶこともなかった。何も考えずに、飛び込んでいくのが一番だ、とも思っていた。が、稜一郎には、わかりません、という答えが信じられないらしく、でも、やりたいことはあるのでしょう、と問いを重ね、諦めなかった。わかりません、と綾子は繰り返した。自分の将来について考えようとすると、膝の力が抜けていくようで、笑ってごまかさなければ、息が苦しくなってくるのだった。あたしなんて、奥様みたいに才能もないし、努力家でもないから、何もできません、と半分、冗談めかして言うと、稜一郎は、嫌な顔をした。

アトリエの真ん中を、白く透き通るような絹の衣装に身を包んだ男がふたり、しっかり手をつないで、ゆっくりと横切っていった。短く刈り上げた形のよい頭に、やわらかそうな耳がついている。食べてしまいたくなるような耳だった。綾子は、その耳にうっとりと見とれていた。

何もしなくても年は取っていくんだから、何かしなくては、つまらない、と稜一郎は、しばらくして言った。絹の衣装のふたりは、人込みの中に吸い込まれるように消えていった。綾子は、稜一郎に答える言葉もないまま、宙を見つめていた。

そう言えば、読んでみて欲しい本があるのだけれど、と言うと、稜一郎は、一度アトリエを出て、また戻ってきた。手には二冊、本を持っていた。まわりの人達は、ますます自分のおしゃべりに熱中して、稜一郎が脇を通り過ぎても視線を投げかけさえしなかった。綾子は、自分が稜一郎とふたりきりで、アトリエに取り残されたような気がしてきた。この本なんだけれども、と渡された本は二冊とも、表紙が布装で、手触りがよかった。一冊は稜一郎の友人が書いた本、もう一冊は、あるアラビアの哲学者が書いた本だった。とにかく読んで欲しい、と言われて、綾子は、本を借りたからにはそれを返しに、もう一度この家に来るのだな、と思った。

終電の時間が迫ってきた頃、秋奈が酔ってふらふらと綾子に近づいて来て、いきなり綾子の肩を抱いて、今日は人が多くて、ちっともお話ができなかったわね、今度は普通の日に遊びに来てね、と言った。そして、綾子の背骨の線を一回、指で上から下へたどった。

＊

ハサミで誰かが、綾子の足の甲を刺そうとしている。床は、銭湯のようなタイル張りで狭くて逃げる場所もないので、綾子はタップダンスを踊り続けるしかない。そうしながらも、綾子は、タイルの数を数えている。タイルは、三角形をしている。きちんと数えて報告しなければ、哲学の単位がもらえないことがわかっているので、真剣に数えるのだが、タップを踏む足を休めるわけにはいかないので、途中まで数えると、忘れてしまう。なぜ三角形が散らばっているのですか。そう言って、目をあげると、子供の頃、近所で開業していた歯医者が、百貨店のカタログから、ハサミで女性の写真を切り抜いては、空中に画鋲で留めている。写真は、留めてあるようには見えない。自分の足で立っている本物の女性たちのように見える。ただ、肌の色が少しだけおかしい。綾子は、次第に、気分が悪くなってきた。頭が重く、吐き気がするのだった。そこで、その場を立ち去ろうとしたが、タップダンスをやめて、普通に歩くことができない。足が勝手に知らないリズムを踏み続ける。歯医者は椅子にすわって、作業を続けている。綾子がそこにいるのが見えていないようだった。

そんな夢をみたと言う綾子の身には、何か嫌なことが起きたに違いなかった。が、綾子は、夢の話をしただけで、それ以上のことは、私に話さなかった。私も、何かあるな、と感じながらも、尋ねてみる勇気はなかった。自分は綾子の友人ではなく、バイト先の知り合いに過ぎないのだと思うと、そんなことに好奇心を持つべきではない、と思ってしまうのだった。綾子の爪が、どれも深くむしられて、下の肉が桃色に見えているのにも気がついた。ところどころ、血がにじんでいた。爪ばかりか、髪の毛も、やられ始めているようだった。初めて会った頃には、ふさふさとしていた髪が、少しずつ、しおれていくようだった。そして、あの不思議な重量感を持った肌までも、その日は、あおざめて見えた。

山野先生の家に遊びに行けばいいのに、と私は、綾子を元気づけるために言った。山野先生になら何でも相談できるでしょう。遊びに来るようにって言われたんだし、それに、大学とバイト先の間を往復しているだけでは、若いのに、もったいないわよ、もっと、いろいろな人に会いに行かないと。綾子の口元に、これまでに見せたことのない、傷ついたような微笑みが浮かんだ。あたしの話を聞きたいから、そんなこと言うんでしょう？ 自分で秋奈先生に会いに行けばいいじゃない。そう言われて、私はうろたえた。だって私は先生のことを個人的に知らないし、どこに住んでいるのかさえ、知らないのよ。綾子は、どこに住んでいるかくらい、いつでも教えてあげるわよ、と言って、テーブルに楕円形を描いてみせた。それから、その楕円形を指先で、何度もなぞりながら、あっけに取られている私に、秋奈と稜一郎の住んでいる場所を説明し始めた。

私は、もちろん、その場所に実際に行ってみようなどとは、思わなかった。ただ、会社の帰りにいつものように、新宿駅の中央線のプラットホームに立って、ひとり、電車を待っていると、妙な気持ちになってきた。綾子は、私をからかったのだろうか。それとも、私が東京を知らなすぎるのだろうか。秋奈と稜一郎の家に行くには、貝割礼駅を降りて、そこから歩いて行くのだと、綾子は言った。貝割礼駅は、葉芹線の終点だそうだ。そしてその葉芹線は、東京の北西部を走る古い私鉄だと言う。私は、キヨスクで、東京の地図を買って、そこのベンチにすわり、鉄道網を調べ始めた。東京の地図を買うのは、初めてだった。これまで、地図を見なくても、人の説明を聞くだけで、何でも見つけることができた。それが今、人に説明されたが故に、逆に謎ができてしまった。東京の北西部というのは、どのあたりを指すのだろう。まず、中央線で西に下り、どんな線に乗り換えることができるのか、調べてみる。その方面へは、これまでほとんど、出掛けたことがなかった。多摩川線、多摩湖線、武蔵野線、八高線……更に、それらの線がどちらの方向へ伸びているか調べ、葉芹線という名前の線に乗り替えられるかどうかを見たが、そんな名前の線は見当らない。それとも、葉芹線は他の線とは交わらずに、東京都のはずれを、単独で走っているのだろうか。もし、そうだとしたら、新宿駅から、電車を乗りついで、そこへたどりつくことはできないわけだ。

＊

綾子が、貝割礼駅を降りて、商店街を歩いていく。貸しビデオ屋や電気屋の派手なポスターが、かえって気を滅入らせる。綾子自身がそんな場面を話して聞かせてくれる間は、貝割礼駅が存在しないはずはない、と思ってしまう。綾子の話に耳を傾けている限り、貝割礼駅の方が、新宿駅よりも、ずっと現実味を感じさせてくれる。綾子は、ある日、たまらなくさびしくなって、山野秋奈に電話して、本を返しに行ってもいいですか、と尋ねてさっそく出掛けていったそうだ。パーティーがあってから、三週間ほどたってからのことだった。

何か、お土産でも持って行こう、と思って、和菓子屋に入ると、透き通った、涼しげな夏のお菓子が並ぶ中で、黒くて重量感のある羊羹が、まず目についた。どうしても、それが欲しくなった。こんなに暑いのに羊羹なんて、と思いながらも、他のお菓子を買うことができなかった。

それから、秋奈と稜一郎の住む家へと、誰かに追われてでもいるように急いだ。玄関の前に立って呼びリンを鳴らすと、額から汗が吹き出した。いらっしゃい、とドアを開けてくれたのは、パジャマ姿の秋奈だった。

通された応接間は、玄関の隣で、綾子の記憶が正しければ、隣は稜一郎の書斎、その隣が、アトリエであるはずだった。廊下をはさんだ向こうが台所で、秋奈は、麦茶を持って来るから、と言って、その台所に消えた。綾子は、ソファーに腰掛けた。応接間には、絵が何枚か掛かっていたが、見るともなくその絵の表面を滑っていく綾子の目には、褐色のかすかな濃淡が映るだけだった。稜一郎が描いたものらしいが、いったい何を描いたのだろう。物が描かれていないのは、すぐわかる。が、形もなければ、線もない。色さえあるのかどうか、はっきりしない。ただ、濃淡の差だけがあるように見える。敢えて言えば、砂漠か何かの風景だろうか。綾子は、そんな風にぼんやり絵を眺めているうちに、気が重くなってきた。

秋奈がもどってきて、ガラスのコップに入った麦茶を綾子の前に置いた。あいかわらずパジャマを着たままだった。コップを手に取った瞬間、元気にしてる？ と秋奈に質問されて、はい、と答えたものの、綾子は、目に涙があふれてくるのを止めることができなかった。秋奈は、綾子の隣に座り、どうしたの、と抑えた声で尋ねた。綾子は、わっと泣き出してしまった。これには自分でも内心驚いたが、一度泣き始めてしまうと、スイッチを入れてしまった全自動洗濯機のように、全過程が終了して水が切れるまで止まらないのだった。

綾子は、自分の身に起こったことを秋奈に話してきかせた。私は、それが、どんな出来事なのか、知らない。綾子は、わざとその部分を抜かして話し、私には、敢えて聞き出す勇気がなかった。話が終わると、秋奈は、綾子のしたことを悪いとも良いとも言わずに、黙って、綾子を洗面所に連れていった。洗面器にお湯を汲んで、不思議に良い香りのする石鹼を手渡してくれた。綾子は、少し前方にかがんで、顔を洗った。秋奈はその間、綾子の後ろに立っていた。洗い終わると、秋奈は後ろからタオルを差し出した。ご主人、今日はお出掛けですか、と綾子が何げなく尋ねると、秋奈は事務的な調子で、どうして、そんなことが知りたいの、と言った。綾子の質問を不快に思っているようではなかった。むしろ、何かに驚いているようだった。綾子自身、なぜ、それを知りたいのか、わからなかった。秋奈と稜一郎がいっしょに暮らしていることが、急に信じられなくなったからかもしれなかった。

綾子には、秋奈が何を考えているのか、見当もつかなかったが、それでも不安は全く感じず、そうして背後に立っている秋奈の胸にもたれるようにしていると、心地好く、秋奈もそれを心地好く感じているのがはっきりわかった。さっきから、何か変わった洗面所だなと思っていた綾子には、その理由がやっとわかった。正面に鏡がないので、自分の顔が見えないのだ。泣き腫らした自分の顔を見ないで済むのは嬉しかった。後ろにいる秋奈にも、その顔は見えないのだと思い、ほっとした。

秋奈は、綾子よりも少し背が高かった。どこかから櫛を出してきて秋奈は、綾子の髪を後ろから、とかし始めた。髪は短く薄いので、櫛は髪の中に入り込んでも、抵抗もなく、すっと出て来てしまう。が、秋奈は、丹念に、まるで手ごたえを捜すように、ゆっくりと何度も繰り返しとかした。綾子は、頭の上で髪の毛が、密度を増して、ゆっくり立ちあがってきたような気がした。

秋奈は、顔が細いので、全体的に痩せて引き締まって見えるが、身体の肉は意外にふっくらしていて、よりかかっていると、胸の中に沈んでいきそうだった。肉は、女も男も薄いほどいい、と綾子はずっと思っていた。女なら肌だけ、男なら骨と筋肉だけで、脂肪のない身体を想い描いていた。それが、急に、肉が心地好く感じられた。顔も見えず、声も聞こえない秋奈の肉の中に、曖昧に沈んでいってしまいたくなった。

あたしの髪はね、この頃、白髪がふえてきたから、染めているのよ、と秋奈が、長い沈黙を破って言った。一様に染まるように、まず全部、髪を脱色してから染めるの。鶴みたいにマッシロになっちゃうのよ、脱色すると。染めているところ、見たい？　綾子は、あわてて、いいえ、と答えた。それから、悪いことを言った気がして、そういう意味じゃないんです、とつけ加えた。

秋奈は、綾子の髪をとかす手を止めた。それから、両手で後ろから綾子の上半身を強く抱き締めた。どうして夏なのに、羊羹なんて持ってきたの？　秋奈は、わざとのように厳しい声で尋ねた。綾子は、そのまま身体は動かさずに、どうしてそんなこと知りたいんですか、とやりかえした。秋奈は笑って言った。あたしの真似なんかしない方がいいわよ、それより、どうして羊羹を持ってきたのか答えなさい。綾子は困った。締めつけられている上半身をどうしていいのか、わからなかったし、質問にもどう答えていいのか、わからなかった。秋奈は、綾子の肩に顎を乗せた。

お菓子屋さんに入った時、目についたんです。それで、他の物はどうしても買えなくなっちゃったんです。どうしてだか、わからないけれど、でも理由なんて、後からしか、わからないことが多いんじゃありませんか。綾子は、思いつくままにそう言ってみたが、すると、自分が言ったことがもっともらしく聞こえた。秋奈も、綾子が思いつきで、そう言ったとは気がつかなかったのか、そうね、とすぐに賛成した。

綾子は、不快感は全く覚えなかった。別に、大変なことが起こっているわけでもなかった。むしろ、何も起こっていないと言った方がよかった。だからこそ、このままどうなるかと、心配だった。後ろに立っている秋奈の体温も声も暖かいが、こんな姿勢は、本の中でも、映画の中でもまだ、お目にかかったことがなかったので、この先、どんな風になるのか予想ができず、だんだん恐くなってきた。それで思わず、あたし帰ります、と言ってしまって、秋奈の身体がすっと離れたのを感じてから後悔した。が、その時は、すでに遅かった。帰りたいなら帰りなさい、と言う秋奈の声は、怒ってはいなかったが、冷ややかだった。

＊

市町村の境界線、道路、鉄道網、無数の線の入り組んだ地図の平面の上を歩いていく。

〈中央〉に引かれた、〈中央線〉という名前の〈線〉から出発して、北西に向かって歩いていくのはいいが、私自身が一本の線なので、他の線に飲み込まれてしまわないように、注意しなければいけない。二次元の私。駅や地区の名前が印刷してある部分も、うまく避けて通らなければならない。文字の線は、ただの線より、印刷インクが濃いので、私などは、たちまち、消されてしまう。消されてしまうのは嫌だし、地図の線の一部に吸収されてしまうのも嫌だ。貝割礼駅を見つけたい。が、私には、次元がひとつ足りないので、見つけることができない。

　綾子の話に耳を傾けて過ごす昼休みは、次第に中身が膨張して、いつか破裂してしまいそうだった。綾子の体験する出来事が増えていったと言うよりは、私があまり貪るように細部を知りたがるので、どんな小さいことでも〈出来事〉になってしまうのだった。昼休みが終わって、食堂を出ると、寒けがするようになってきた。今日は涼しいわね、と言うと、綾子は不思議そうな顔をする。そして、会社に向かって一歩を踏み出すと、すでに、目の前に一枚目のガラスの壁があり、額をぶつけてしまうのだった。骨にひびが入ったような痛みを忘れるために、綾子と話を続けようとして、口を開くと、自分でも気づかぬうちに、顎を少し前へ突き出してしまうらしく、次の壁に口がぶつかり、唇が切れる。血の味がする。会社の敷地は、いったいどこから始まっているのか。ビルに入るずっと前からガラスの壁が並び、しかも、肌の透き通った人たちが、その間をぬって、左右に横切っていくのだった。この人たちをよけそこねて、肌と肌が擦れ合うと、私の肌が、服の下で擦りむけてしまう。スケート場でころんだ時の痛みと似ている。

それから、一週間ほどたった日の昼休みのことだった。その後、何か新しいことはないの、と尋ねる私の声は、きわめてさっぱりしていたが、好奇心は、胸元まで、こみあげてきていて、息が少しだけ苦しかった。もし、新しいことが起こっていなかったらどうしよう、という心配と、もし、綾子が私に何も話してくれなくなったらどうしよう、という心配とが、朝から私を交互に苦しめていた。

秋奈先生から、ハガキが来たのよ、と綾子は無邪気に話し始めた。この間、忘れ物をしていったから、取りにいらっしゃい、次の日曜日の午後ならば、めずらしいネギのケーキも作ってあるし、散歩のついでに、いらっしゃい、と書いてあったそうだ。私は、どこか変なハガキだと思ったが、どこが変なのか、すぐには、わからなかった。このハガキの内容に、いくつか抜けている点があると気づくためには、まず、誘いに乗って、出掛けてみなければならない。いや、むしろ、ハガキには抜けている点などないのだが、ありもしない落とし穴に自分から落ちていくと、あたかも初めから秋奈が穴を掘っておいたように思えるのではないか、と思った。
そのハガキ、部屋の壁に画鋲で留めたんでしょう、と私が言うと、綾子は驚いて、どうして知ってるの、と尋ねた。綾子は、暗示にかかりやすい性格で、やることが儀式化しやすい。もしかしたら秋奈もそこに目をつけて、何か企んでいるのではないか。

*

その次の週は、綾子が休みを取っていたので、私は時計ばかり睨んで過ごした。できることなら、綾子の下宿に、夜、出掛けて行って、話を聞きたいくらいだったが、それは、できなかった。どこに住んでいるの、と一度、綾子に尋ねてみたことがあるが、綾子が答えなかったので、私に訪ねて来て欲しくないのだな、とわかった。いくら、いっしょにお昼を食べても、私は綾子にとっては、単に、アルバイト先の会社にいる人間にすぎない。綾子が、実家の両親や友達の話をするのも聞いたことがない。秋奈と稜一郎に関する話なら、どんな細かいことでも報告してくれそうだったが、そちらの報告が緻密になればなるほど、私達の間の境界線は、越えがたいものになっていくのだった。

日曜日は、今年になって最高に気温が上がった。貝割礼駅を降りると、昼下がりの強い日差しの中で、家々の壁も道路のアスファルトもみな色を奪われ、白く光っていたことだろう。綾子には、あの家までの距離が、前回より遠くなったような気がしたそうだ。

ドアを開けた稜一郎は、綾子を見ると、驚いた。秋奈は、何も伝えておかなかったのだろうか。綾子は戸惑って、あの、この間、忘れ物をしたので、取りに来るように奥様からハガキいただいて……と説明した。〈奥様〉という呼び方は、秋奈にひどく不似合いだったが〈先生〉と呼んでは、どちらのことかわからないし、他にどう呼んだらいいのか、わからなかった。稜一郎は、目尻に皺を寄せて微笑んだ。この間は、人が多くて、ゴチャゴチャしていたから、忘れ物をしても無理ないね。綾子は、稜一郎が〈この間〉と言うのをパーティーの日のことだと勘違いしているのに気づいたが、敢えて正さなかった。ひょっとしたら稜一郎は、あの後、綾子が来たことを知らないのかも知れない。秘密にするようなことは何も起こらなかったのに、秋奈が秘密にしたということは、やっぱり何か、理由があるのだろうか。そう思うと、綾子はいやに胸がどきどきしてきた。

この間と同じ応接間に通されたが、壁には、この間と違って、浮世絵が掛かっていた。よく取り替えられるんですか、壁の絵は、と尋ねると、稜一郎は左手で顎を撫でながら、いや、もう何年も同じ絵が掛かっているんで友達に笑われて、と答えた。でもなんだか、ここで、この前、砂漠の風景を描いたような絵を見た気がしますけれど、と綾子がさりげなく探りを入れると、稜一郎は不思議そうに綾子を見つめた。砂漠の絵ならば、今度、ここに掛けたいと思っているんだが、ちょっと困ったことがあって、と言って、稜一郎は、顎を撫でていた左手を目の前に持っていき、まるでそこに何か傷でもあるかのように、じっと手のひらを見つめながら、やあ、困ったな、とつぶやいた。

どうなさったんですか、と綾子は尋ねた。実はね、あの人、ちょっと出掛けるって言って出て行ったままで、いつ帰るのかわからないし、忘れ物のことも聞いてないんで、どこに置いてあるのかが、見当もつかないんですよ。物はいったい何ですか？

今度は綾子が困る番だった。それが、実は、あたしにもわからないんです。ふたりは、目が合うと、あの時のように、同時に笑い出してしまった。なんだか、僕らは似ているところがあるようですね、と言って稜一郎は立ち上がった。今日、珍しいケーキを作ってみたんだが、どうです、食べませんか、ネギのケーキなんです。綾子は、ハガキの内容を話そうかと一瞬迷ったが、やっぱり話すのはよして、ええ、いただきます、とだけ答えた。

秋奈が家にいなかったので、ふたりきりでケーキを挟んで向いあっていると、まるで恋人同士のような気がしてきた、と綾子は〈白状〉した。これは、綾子が自分から言い出したわけではない。まるで恋人同士みたいだったでしょう、と私がしつこく言ったので、綾子はしぶしぶ同意したのだ。先生の口が、ケーキで湿っているのを見て、色気を感じたでしょう、と言うと、感じたかもしれない、と綾子は認めた。下宿にもどってから、先生と寝たら、どんな具合になるか、想像したでしょう、と更に問い詰めると、綾子は、もしそうだったら、何か都合がいいことでもあるの？　と尋ね、少し意地の悪い笑いを浮かべて、私を見た。

私は、綾子が秋奈にだけあこがれていたのでは、〈三人関係〉にならない、稜一郎のことも、同じくらい好きにならなければいけない、と思って、わざとそんなことを言ったのだった。が、そんな私の企みを、綾子は、とっくに見抜いているようでもあった。

この日は、ケーキを食べ終わっても、秋奈が帰って来なかったので、綾子は、置き手紙を置いて帰った。「忘れ物の正体（招待？）が不明のまま、帰ります。今度また、改めて取りに伺いたいのですが、都合のいい日を、ハガキで教えて下さい。」と書いたそうだ。秋奈はわざと家を留守にしたのだろうか。

数日後、秋奈から返事が来て、土曜の午後、〈タントラ〉という喫茶店で待っている、とだけ書いてあったそうだ。私は、ハガキを自分の目で一度見たいと思って、綾子に一度会社に持ってきて欲しいと頼むと、快く承知してくれた。が、綾子は持ってくるのを忘れてきて、そんなことが二度重なると、私の方も催促しにくくなった。私は、綾子の機嫌をそこねてしまうのが、何より恐かったので、しつこく催促できなかったのだ。綾子が怒って、私に話をするのをやめてしまったら、どうなるのか。私は、中毒患者と同じで、もう誇りなど問題ではなく、ただ話の聞けなくなってしまう日の来るのだけが恐かった。綾子の話がなくなってしまったら、私は、何も体験することがないまま、ある日、透き通ったガラスの壁の合間に消えていってしまうのではないか。そう思うと、なおさら恐ろしくなってくるのだった。

秋奈と綾子が待ち合わせに使った〈タントラ〉という名の喫茶店は、私が時々行く映画館の裏にあると言う。私は綾子の話を聞いたその日、仕事が終わってから、その辺りを捜してみたが、〈タントラ〉などという名前の店は、見つからなかった。いったい綾子は、〈裏〉という言葉をどんな意味で使ったのだろう。映画館は、四つ角にあって、出入口がふたつあり、それぞれ違う通りに面している。だから、この映画館の裏は、最低でも、二面あるはずだ。そう思って、建物の裏側に出ようとすると、裏などないことに気がつく。と言うのは、映画館の裏側にあたる土地に出ようとしても、建物がぴったり身を寄せ合っていて、中に入れてくれない上、道がみんな曲がっているので、少し歩いていると、自分のいる場所が、映画館から見てどんな位置にあるのかが、全くわからなくなってしまう。何度か迷っているうちに、暗くなって、ますます方向感覚が鈍ってきた。道行く人に、すみませんが、タントラってご存じですか、と尋ねると、みんな、あわてて首を横に振り、不審の色を目に浮かべ、足早に立ち去って行った。

だからと言って、私は、綾子の話が作り話ではないかと疑っているわけではない。〈タントラ〉で綾子と秋奈が向かい合っているところが、思い描けないわけでもない。何度入っても中の様子を忘れてしまう喫茶店があるのと逆に、一度も見たことがないのに、はっきりと内部の様子が頭に想い描ける喫茶店もある。

この間は、ごめんなさいね、家にいなくて、とは、秋奈は言わなかったそうだ。それでも、綾子は全く腹が立たなかった。あの日、秋奈に会えなかったことも、この日、また出掛けて行かなければならなかったことも、当然の義務のように感じられた。あの人、とても喜んでいたわよ、あなたとふたりきりでお話できて、と秋奈は、謝る代わりに言った。秋奈も稜一郎のことを外では〈あの人〉と呼ぶらしい。あの人、本当に喜んでいたわ、あんまり喜んでいたから、ひょっとして、恋しちゃったんじゃないのって言ってやったら、急に怒りだしちゃって、などと言いながら、秋奈は、綾子の表情を観察している。綾子の頭の中をビデオの早送りのように、映画やテレビで見た、いろいろな映像が流れていったが、どれも綾子を助けてはくれなかった。秋奈が嫉妬して嫌味を言っているようには、見えなかった。綾子は、秋奈の仕草をこっそり観察したが、心の中を表していそうな動作は、全くなかった。秋奈は、うつむいたまま、ジュースの中を柄の長いスプーンでいつまでもかきまわしていたり、窓の外へぼんやり目をやったり、指先をさみしそうに見つめたり、そんな仕草は決してしなかった。代わりに、ハンドバッグの中から出したハンカチで、額の汗を軽く叩くように拭き取り、唇の形だけで綾子に微笑みかけると、あたしが頼み事したら、聞いてくれる、と突然尋ねた。はい、と綾子は、授業中に当てられた中学生のように堅くなって答えた。どんな願い事なのかも聞かずに。実はね、来週の日曜日に、あの人とデートして欲しいの、場所は礼田巣公園、知っているでしょう？　貝割礼駅からバスが出ているから、バス停で待ち合わせればいいわ。綾子の反応も待たずに、秋奈は、てきぱきと決めていった。時間は三時でいいんじゃない？　駅前のバス停に三時の待ち合わせで、いいわね。

綾子は返事に困って、でも、先生はどうして、いっしょに来ないんですか、と尋ねた。秋奈は笑って、あたしがいっしょに行ったら、デートにならないでしょう、と答えた。あの人のこと、嫌いなの？　秋奈が真面目な顔を作って尋ねるので、綾子は、いいえ、そんなことありません、とはっきり答えた。それだったらデートしたっていいじゃない、一回くらい。そう言うと、秋奈は、コップの底に残っていたジュースを飲み干して、これで用事は済んだというように、さっさと立ち上がった。

秋奈は何かを仕組んでいる。私がそう思うのは、秋奈が講演の中で、自分でこの言葉を使ったのが、私の記憶に残っていたせいだろう。秋奈が言うには、私達はある〈仕組み〉の中に生きている。それは、簡単には、変えることはできない。でも、そこで、すんなりオトナシク、または、オトナラシク諦めてしまう前に、遊び心を出して、逆に何かを〈仕組んで〉みてはどうか。仕組む元気のある人が少なすぎます、と言い放つ秋奈の声が、今も私の耳の中に残っている。その声には、人を煽動するような響きはなく、お説教じみた調子もなく、何か、形容しがたい奇妙なリズムがあった。訛と似ているが、訛ではない。耳慣れない、異国的なリズムだった。

私も何か、仕組みながら生きたい、と思うのは、秋奈の影響だろうか。またもや秋奈が私の思考を陰から操っているのだろうか。でも、秋奈を、私の仕組んだ人形劇の登場人物にすることができたら、どうだろう。私達の立場が、逆になるのではないだろうか。

頑張ってね、と声に力を入れて綾子を励ます私の心には、そんな思いが隠されている。何を頑張るの？　綾子が、きょとんとして尋ねる。

デートの後は、あっさり別れたりしたら駄目よ。必ず何かが起こらなければならないんだから。具体的なアイデアの浮かばない自分に苛立ちながら、私は、そんな風に綾子を励ました。きっと山野秋奈が、何か、計画しているはずだから、それに従うのよ。綾子の顔から、きょとんとした表情が消えて、代わりに同情とも軽蔑ともつかない、苦しげな表情が浮かんだ。

　秋奈は、デートの日時を決め、場所を決めた。ひょっとしたら、稜一郎の着る物まで指定したかも知れない。白いポロシャツを着て行きなさい。芸術家ぶって気取って、黒い服なんか着たら駄目よ。公園に着いたら、しばらく、花を観賞しながら歩きなさい。ゆっくり歩かないと駄目よ。それから、あの子にアイスクリームを奢ってあげなさい。乳製品はコレステロールが多いとか、ソフトクリームの中には大腸菌がたくさん住んでいるとか、言ったら駄目よ。そんな注意を受けて、稜一郎は家を出たのかもしれない。

　次の昼休みが来るまで、私は、お預けになった物語の続き以外のことは、考えられなかった。それでも、いざ、昼休みが来てみると、いきなり、話にかぶりついて、丸呑みにしてしまうのは惜しい気がして、どうでもいいような小さなことを尋ねた。バスは、何色だったの？　そんな細かいことを尋ねてみたのも、そのためだった。どうして、そんなことに関心があるの、と綾子は、珍しく、私の問いに素直に答えなかった。どうしてだって、いいじゃない、と私も意地を張る。が、綾子は折れない。私は、綾子の機嫌をそこねまいとして、問いを引っ込めた。それじゃあ、先生を見て最初に目についたのは、何？

綾子は、考え込んだ。足が痛くなさそうだったことかしら。そう言って、綾子は、何か思い出しているようだった。今日は足は平気なんですか、と尋ねると、稜一郎は、最近は絵を描いていないんでね、鳥がつつきに来ないんですよ、と答えて笑ったそうだ。綾子は、今度こそ足の痛みと絵の関係について知りたいと思っていたのに、つられて笑っているうちに、また、聞きそびれてしまった。

やがて、バスが来て、〈デート〉は開始したのだろうが、綾子は、なぜだか、すらすら話してはくれない。私が質問をしても、それが糸口になって、話が次々と出てくるのではなく、質問にぽつんと答えて、それで終わりになってしまう。杉本ならばともかく、綾子がこんな風だったことは、これまでなかった。綾子のおしゃべりがうまく波に乗って来ないと、質問する私の方も調子が狂ってしまって、バスは空いていたの、とか、公園で何を食べたの、とか、まるで遠足から帰ってきた子供に質問する母親のようになってしまう。本当は、私の知りたいのは、そんなことではないのに。そのうち、綾子は、溜め息をついて、実は、公園で稜一郎と言い争いになり、そのことを考え始めると頭が混乱してくるので、考えたくないのだと言う。

それでは喧嘩別れして、別々に帰ったのかと言うと、そうではなく、稜一郎は、綾子をその後で家に連れて来るよう、秋奈に強く言い渡されていたため、ふたりともその命令に従ったのだそうだ。それなら、公園での話は、話さなくてもいいから、その後の話を聞かせてちょうだい、と言いながら、私は、もしかしたら、綾子は私に何かを秘密にしておくつもりではないか、とまた疑い始めていた。

雨が降り出したのよ、貝割礼駅を降りたら、と綾子は変に断定的な調子で言った。この事実だけは、いくら私が巧みな問いを仕掛けても、変えることができないのだ、とでも言いたげに、挑戦的に私を睨んでいる。まるで、いつもは、私が誘導尋問して、事実をねじまげているが、今度ばかりはそうはいかない、とでも思っているようだった。私は、むっとして、でも絶対に雨だったたって、どうしてわかるの、あなたの記憶違いかも知れないわよ、と言ってやった。綾子は、断固として首を左右に振り、はっきり覚えているのよ、夕立の土砂ぶりで、ブラウスもスラックスも池に落ちたみたいに濡れてしまって。

稜一郎の髪が濡れて額にくっついたら、歯の空き間が急に目だって、いつもより年に見えただろう。綾子は逆に、雨に濡れたら、あどけなく見えそうだ、と私は、勝手に想像する。ふたりを玄関まで迎えた秋奈は、はじけるように笑い始めた。稜一郎は、むっつりしたまま靴を脱ぎ、何も言わずに、家の奥の方に引っ込んでしまった。綾子は、玄関に突っ立ったまま、秋奈の顔を見て少し微笑んだが、気分は、まだ晴れなかった。

お上がりなさい、服を着替えないと風邪を引くわよ。そう言って、秋奈は、綾子の肩を後ろから押すようにして、自分の書斎へ連れていった。書斎の中は、空気が湿っていた。本棚も簞笥も机も、申し合わせたように、沈んだ焦茶色をして、薄暗い空間を取り囲んでいた。机の前の椅子が斜めに引いてあるので、ついさっきまで秋奈が座っていたことがわかった。こんな暗い部屋で、自分の書いている文字が見えるのだろうか、と綾子は、ふと不思議に思った。

原稿を書いていたんですね。机の上にきちんと重ねられた高さ二センチほどの原稿用紙と、その上にころがっている太い黒い万年筆を見ながら、綾子は、そう尋ねてみた。これまで、秋奈の書いた本を手に取ったことは何度もあるが、まだ出来上がる前の原稿を見たことはなかったので、胸が高鳴り、偶然、人の裸を見てしまった時のように、一度目をそらしてから、そっとまた、そちらへ目をやった。服をお脱ぎなさいよ、ぐしょぬれじゃないの、と言いながら、秋奈は簞笥の引き出しを開けて、何か代わりに着る物を捜してくれている様子だったが、諦めて、また閉めてしまった。

何を書いていたんですか。綾子は、ブラウスを脱ぎながら尋ねた。肌までぐっしょりなのね、と言って、秋奈は感心したように綾子の胸のあたりを眺めた。綾子は、濡れて腿にはりつくスラックスも脱いだ。何について書いているんですか。綾子は、原稿用紙の方に目をやりながらもう一度、尋ねた。秋奈は笑いながらわざとおどけた声で言った。第一章、性器の西洋化。第二章、性器と植民地主義。第三章、性器と工業社会。それからからかうように綾子の目の中を覗き込んだ。

綾子は、ぼんやりと考え込んでしまった。バスタオルを手渡されても、上の空で受け取って、髪の毛のところへ持っていったものの、それからどうしたらいいのか、わからなかった。下着も脱いでしまいなさいよ、浴衣を貸してあげるから。綾子は、バスタオルで身体を拭きながら、前を隠すようにして、下着も脱いだ。綾子の脱いだ物を全部、腕にかけると、秋奈は浴衣を取りに、部屋を出て行った。綾子は、書籍に囲まれて裸で立っていると、不思議な気分になってきた。自分の肌が鏡になって、そこに文字が映るような錯覚に陥った。文字たちは、肌の上で並び順を変えながら、ひとつの文章を作ろうとするのだが鏡の中と同じで、左右逆に映っているため、隣に来るべき文字がうまく見つけられない。戸惑いながら、文字たちが肌の上をさまよい歩くので、肌の表面が、次第に熱くなってきた。書物の中の世界と外の世界が、ゆっくりと入れ替わっていく。

その時、秋奈がきちんと畳んだ浴衣を持って、書斎に入ってきた。綾子を見て一瞬、目に驚きの色を浮かべたが、綾子には、それがなぜなのか、わからなかった。下着はないのでつけずに、浴衣だけ着て、綾子は、秋奈の後に続いて書斎を出た。原稿のことで、大切なことを聞き損ねたような気がしたが、もう遅かった。最後に一度、戸を閉めるために振り返ると、中は、ぼってり暗く、机の上の原稿用紙も見えなくなっていた。そんなに長い間、秋奈の書斎にいたはずはないのに、ちょうど日没を挟んで、別の時間帯に踏みいってしまったらしい。

　秋奈の後に続いて、隣の部屋に入ろうとすると、中は真っ暗だった。さっきの夕立の時に雨戸を閉めて、そのままにしておいたのだろうか。秋奈は、その闇の中にためらいなく踏み込んで行った。綾子は、廊下に立ちすくんだまま、中へ入るかどうか迷っていた。しゅっと、マッチを擦る音がした。部屋の隅に、ぼんやりと光が浮かび上がった。また、マッチを擦る音がして、今度は、別の隅に光が浮かび上がった。光は、明るい青色や、夜店で見る金魚の背中の赤色や、街灯に照らされた柳のような緑色に変わっていった。三つ目の光が灯った。どうやら、回り灯籠らしい。綾子は、その光に引き寄せられるように、部屋の中に入っていった。部屋には、布団が敷いてあった。ここが、ふたりの寝室なのかと思いながら、綾子は、三つの灯籠の繰り広げる風景をよく見ようと、近づいていった。灯籠の中の建物や風景は、どこの町、どこの国の風景なのか。見極めようとしても、風景はどんどん先へ回って、次の風景が現れてしまうので、よくわからなかった。綺麗でしょう、と秋奈が、子供のようにはしゃいで言った。この間、買ったばかりなの。

灯籠なんて、なんだか、わざとらしくて恥ずかしいね、と背後で声がした。綾子が、振り返ると、稜一郎が浴衣を着て立っていた。秋奈だけが、浴衣ではなく、昼の服であるワンピースを着ていた。わざとらしくていいのよ、自然な感じなんて、あたしは、まっぴらごめん、と秋奈が言った。喧嘩腰ではなく、むしろ楽しんでいるようだった。

いったい、どこの風景だい、とからかう稜一郎の声も楽しそうで、綾子と目が合うと、稜一郎は、日中の喧嘩のことなどすっかり忘れてしまったかのように微笑んだ。

日本の風景よ、と秋奈は、あっさり答えた。稜一郎は、布団の上にあぐらをかいて座って、どうりで見たことがないと思った、と言って、あくびした。稜一郎の骨張った脚が浴衣の裾から突き出していた。

秋奈は、綾子の隣に立つと、綾子の背骨を指で上下に辿りながら、その横顔を覗き込んで言った。あなた、シベリアに住んでいる少数民族のあのナントカ族と似ているわね。綾子は、そんな風に言われたのは初めてだったので、答えに困り、その人たち、どんな顔しているんですか、と尋ねた。日本人とそっくりなのよ、その人達。日本人と全く違いがないって言っていいくらい。ただ、違いがあることをきちんと意識して見るから、違いが見えてくるの。そういう女の子が、ある日、遠くから、ぽつんと東京に来て、この家に泊まったら、楽しいだろうなって、時々思うのよ。言葉なんて通じなくてもいいの。ある日、急にやって来て、ここに住み込んでしまって……そうしたら、あたしの生活も、全然違って来るでしょうね。

秋奈は、正面にまわって、綾子の頰を両手で挟んだ。あなたが日本人じゃなくて、どこか、から来たんだったらいいのに。綾子は、当惑した。どうして日本人だと困るんですか。秋奈は、上ずった声で笑って言った。だって、日本人だったら、夕食をお出しして、お茶をお出しして、それから終電に間に合うように帰っていただいて、ハイ、オシマイでしょう。どうも御馳走様でした、それでは、失礼いたします。ああ、つまらない。でなかったら、あたしの留守中に来てしまって、あたしの夫と浮気して、三角関係になって、あたしと喧嘩したりして、ああ、つまらない、つまらない。あたし、そういう退屈なドラマにはうんざりなのよ。でも、日本人じゃなかったら……秋奈は笑いを吞み込むように、唇を嚙んだ……抱き締めて、髪の毛でも嚙んでみるかもしれないわ。初めは近海コンブのような味がするでしょうけれど、そのうち、白樺の皮を嚙んでいるような香りがしてきて、不思議な気持ちになるでしょうね。耳たぶも嚙んでみたいけれど、もっと嚙んでみたいのは、耳の穴の中の空洞。稜一郎のくすくす笑いが、意外に近いところから聞こえた。そんな風に笑う時、稜一郎は、少女のような声を出した。それから、お乳も、噛んでみたいわね、それから、お臍のくぼみの中も。もちろん、出臍じゃつまらないけれど、あなたのはきっと底が深くて味の深いお臍でしょう、ほらね、深いでしょう。綾子は、あわてて浴衣の前を合わせた。

しばらくすると、綾子は稜一郎の膝枕で、横になっていた。稜一郎が耳もとの髪の毛を指先でいじくっているので、くすぐったい。が、もっとくすぐったいのは、綾子の太腿の上を動き回っている秋奈の指だった。綾子は、身体が、耳と脚の二方向に、分離していくような感じがした。頬の下にある稜一郎の脚は、肉が薄く、骨張っているのに対し、秋奈の手はやわらかかった。が、ふたつの感触が、そのうち混ざり合い、区別がつかなくなってきた。ちょうど、右手で二拍子、左手で三拍子を同時に打てと言われた時のように、脳と神経を結ぶ線が混乱してきて、綾子は、稜一郎の腿の肉が暖かくて柔らかく、秋奈の手が大きく力強いように感じ始めた。

何を思ったか、稜一郎が、綾子の耳の中にふうっと息を吹き込んだ。耳の穴の内部に茂る産毛の列が、その息にいっせいになびいて、綾子は快い寒けを覚えた。その時、綾子の頬の下で、稜一郎のペニスが膨張し始めた。稜一郎の呼吸のリズムが変化し、それが脚の筋肉の伸縮を通して、綾子の頬にも伝わってきた。が、綾子は、そこに神経を集中することができなかった。秋奈が、綾子の足首をつかんで、正座した膝の上に乗せて、それから膝を動かして、少しずつ近寄ってくるようだった。何をしているのだろう、と思って、綾子は、頭だけ持ち上げて、そちらを見た。秋奈のワンピースが腿の付け根までめくれ上がって、左右の脚の間からはみ出して見えているのは、ペニスだった。綾子の視線は、その一点に釘づけになった。そんなはずはない、早くしなければ手遅れになる、と思ったが、実は、何が手遅れになるのか、自分でもよくわかっていなかった。どうして、彼女がペニスを持っているのか。もしかしたら、あれは、本物ではないのかも知れない。綾子は、目を凝らした。デパートの食堂に入って、窓辺に飾ってある花を見て、あれは本物かしら造花かしらと考える時と似ていた。もし、本物だと初めからわかっていたら、注意を払わなかっただろう平凡な花が、偽物かも知れないと思うと、魅力的に見えることがある。

偽物に決まっている、と綾子は頭の中をすっきりさせるために、思い直すのだった。秋奈は、女なのだから。でも、女なら必ずしも、持っている物が、偽物だと言い切れるだろうか。それに、もし偽物だとしたら、結果的には、何が違ってくるのか。

秋奈は、それを楽しそうにいじくりまわし、左右前後に先端を向け、声にならない笑いをたて、そのうち、引きつるような笑いの波の押し寄せてくるのを、もうこれ以上我慢できなくなったというように、いきなり綾子の前に身を横たえ、脚を器用にからみつかせていつの間にか、それを綾子のヴァギナに入り込ませていた。その時、綾子の耳もとで、激しい羽音がして、稜一郎の股の間から、鳥が一羽、飛び立っていった。ペニスが、鳥に変わって、飛び立ったのだった。鳥は、驚いている綾子の頭上を飛び、部屋を横切って、ふすま障子に描かれた水墨画の中に、あわただしく吸い込まれていった。

秋奈は、綾子から少し身を離すと、綾子の陰唇を指先で触って、暖かくていい気持ち、柔らかくていい手触り、と言った。秋奈の話し方には、いつもと違って、奇妙な訛があった。方言ではない。なんだか音節がつながりたがらないのを無理につなげたようで、嘘でもついているように聞こえ、それでいて、ひどく不器用な誠実さが感じられる話し方だった。

こんなことをする秋奈は、本物の日本人ではないかもしれない、と言うのが、綾子の結論だった。私は、綾子の思考が急に変な方向に走ってしまったので、あわてて尋ねた。本物ではない日本人って、どういうことよ、ゴムでできているってこと？　綾子は、笑いもせずに、不気味に静止した表情のまま言った。違うわよ、でも日本人ならば、自然にこうやるっていうセックスの仕方とか、心の動きとかがあるでしょう。それが、なかったら、心が異常か、日本人でないか、どちらかでしょう。

あなた、それ、国粋主義じゃないの、と大きい声を出してしまってから、私は息が詰まり、顔が火照ってきた。興奮すると、つい、難しい言葉が口から飛び出してしまって、自分でも手がつけられなくなり、先が続けられなくなってしまうのだ。綾子は、取り乱した私を多少、軽蔑するように見つめたが、それ以上、何も言わなかった。

＊

その翌日は、金曜日だった。家へ帰ると、じっとしていられなくなった。できることなら綾子の話の続きを、自分で考え出して、演じてみたいくらいだった。もしかしたら、綾子は私に、何かまだ隠しているのかもしれないと思うと、なおさら落ち着かなかった。

土曜、日曜と二日間、ひとり、家で過ごすと思うと、気がめいってしかたがなかった。そこで、急に思い立って、杉本に電話した。そんなことをすれば、変に思われるかも知れなかったが、それでも構わないと思った。もし、綾子が私に愛想をつかし、ある日、私を簡単に見捨ててしまったら、もうあの話の続きは聞けなくなるのだ。私と秋奈とを繋ぐのは綾子という細い一本の連絡線だけなのだから。もし、杉本と時々、会えるようになればもう一本、別の連絡線がそこに加わることになる。そこで、まず手始めに、杉本を映画に誘うことにしたのだ。杉本は、気軽に承知してくれた。待ち合わせは、中央線の沿線ならどこでもいい、と私が言ったので、新宿に決まった。

布団に入って、うとうとしていると、胸に期待のようなものが膨らみ始めた。杉本の顔は、全く思い出せなかったが、名字に〈杉〉の字のつく、昔の同級生たちの顔が、次々、浮かび上がってくるのだった。杉田君、杉山君、杉野君、杉原君。どの人とも、特に仲が良かったわけではないのに、記憶の中にくっきり身体の線が見え、ヘアーローションと汗の混ざったニオイまでしてきた。杉林君、杉谷君、杉川君。こんな風に、増え続けて、いったい彼等は、どうするつもりだろう。私は、複写機の〈ストップ〉のボタンを押したが、増殖は止まらなかった。杉君、杉々君、杉々々君。こんなに、たくさんいるのでは困る。杉本さえいれば、それで充分なのだ。そう思っても、誰も、杉の繁殖を止めてくれる人はいなかった。彼等の坊主頭から、髪の毛の代わりに、細い枝が伸び始め、私は、気がつくと、杉の林の中に閉じ込められているのだった。

翌日、新宿駅構内の人込みの中を、マイシティのエスカレーターの方向へ歩いて行くと、前方に、旗のように大きく手を振っている人がいた。正確に言えば、目に入ったのは振られている手だけで、初めは、その手の持ち主は見えなかった。その手は、イッテラッシャイ、と言っているようでもあり、サヨウナラ、と言っているようでもあり、少なくとも、私を招き寄せているようには、見えなかった。それでも私は、人の波をかきわけて、その方へ真っ直ぐに進んで行った。杉本が、ブルーの上着を着て、立っていた。よく私が見えたわね、と言うと、中央線で来たんだろ、当り前だよ、と答えた。中央線と聞いて、私はすぐに、綾子の話を思い出し、ねえ、中央線から出発して、何回乗り替えても絶対に行きつけない駅って東京にあると思う、と尋ねてみた。杉本は、それには答えずに、どんどん先に立って歩き始めた。

映画が終わってからロビーで杉本が、稜一郎先生の展覧会に明日いっしょに行こう、と言いだした。私は、表情を隠して、うつむいたまま、うなずいた。杉本といっしょに展覧会に行って、稜一郎に会えば、私も稜一郎と知り合いになれるかもしれない。

映画のあと、食事に誘われた。杉本はビールを飲むと、尋ねられもしないのに、秋奈のことを自分から話し始めた。秋奈には、人を馬鹿にしたようなところがある。杉本を幼稚園児のように扱う。秋奈は、稜一郎の知識と人間性に長年、導かれて来たから、自分も導く側にまわってみたい、という欲求が強過ぎて、自分より年下の人間を見つけると、すぐに威張り出す。嫉妬やコンプレックスから、杉本をいじめることもある。杉本は、私の顔も見ないで、そんなことをしゃべり続けた。

そうかしら、あの人、威張っている感じは全然しないけれど。私は、一度だけ遠慮がちに口を挟んだ。君は、知らないんだよ、あの人の本性を。杉本の声には、熱がこもってきた。そもそも、博士号まで持っているのに、大学に勤められなくて、変なところでしか講演できないのはね、学長の顔につばを吐きかけたことがあるからなんだよ。私は、思わず声を出して、笑ってしまった。杉本は、顔をしかめた。つばを吐きかけたっていうのは、本当に吐きかけたの、それとも、慣用句? 杉本は、一度しかめた顔はそのままで答えた。知らないよ、そんなこと。どっちだって同じことじゃないか。とにかく、気が強いだけで、可愛げのない女なんだ。

あなた、嫉妬しているだけなんじゃない、あの人が稜一郎先生をさらっていったから。私は、取りたければ、冗談とも取れる軽い口調で、尋ねた。が、杉本は、本気で怒り出した。僕がホモだって言いたいのか。杉本は、ホモという言葉を妙にぎごちなく発音した。ホモだっていいじゃないの。どうして困るの、ホモだと。そう言ってしまうと、私は、すっきりした。杉本は、苦い薬でも呑んだように口をゆがめて、しばらく考えていたが、やがて、稜一郎のことは、尊敬しているけれども、肉体関係は全然なかったのだと、真剣な顔をして言った。

　でも、肉体関係が全然なかったって、どういう意味？　いっしょに中近東を旅行して歩いたんでしょう？　一頭のラクダにふたりでまたがって、何時間も、いっしょにゆられたんでしょう。それが肉体関係じゃないって、どういうこと？　そう言いながら、私は、自分で笑い出してしまった。妙な理屈が急に口からスルスルと出てきたので、自分でも気持ちがよくてしかたなかったのだ。つきのさばくをはるばると、という歌が、余韻のように頭の中で響き始めた。酔っているのだろうか。

　杉本は、ぽかんとして私の鼻の頭のあたりを見ていた。的中しているので驚いたのか、あまり的はずれなので理解できないのか。もちろん、私はふたりの中近東旅行については何も知らない。ふたりが本当にラクダに乗ったことがあるのかどうか、知らないし、それよりまず、ふたりの旅した土地にラクダがいるのかどうかさえも、知らない。

　君、どうしてそんなことに興味があるの？　しばらくして、杉本は、不思議そうに尋ねた。私は、自分の体験しなかったことや居合わせなかった場所には、何でも、興味があるのだと答えようとして、やめた。その代わりに、あなたのことをもう少し知りたいから、と答えた。杉本と恋仲になること、それが、私の次の課題なのだ、と思った。

私ね、あの人、気が強いのではなくて、人生を自分で考え出して演出していく気力と能力があるんだと思うのよ。翌日、杉本とギャラリーに向かう道で、初めに私の口をついて出てしまったのは、またもや秋奈の話だった。演出？　杉本は、うさんくさそうに繰り返した。つまり、わざとらしいお芝居ってことか。それとも見栄かな。私は、足を止めて、杉本の顔を見た。杉本は、面倒臭そうに見つめ返した。もしも、杉本と結婚したら、私達はやっぱり、こんな話をしながら、毎晩、夕飯を食べるのだろうか。私は秋奈を崇拝し続け、杉本はそれに水をさし続けて、銀婚式、金婚式を迎えるのだろうか。そんな関係も、いいかもしれない。いつまでも、解けない結び目のような話題をふたりで大切にして、口論しながら生きていけば、綾子がいなくなっても、さみしくないかもしれない。

都心の小さなギャラリーには、絵の数よりも人の数の方がずっと多く、どちらを向いても、人間の背中が立ちはだかっていた。そして、その背中の合間に、林の木立ちの合間を透かして見える遠景のように、稜一郎の絵が見えた。どれも砂漠の風景を描いたような絵で、一枚ずつ微妙に色合いは違っていたが、建物や生き物は、全く描かれていなかった。私は人込みをかきわけて、一枚の絵の前に出てみた。が、自分が人垣の一番前に立つと、他の人達に、後ろから絵の一部として観察されているようで、落ち着かなかった。離れたところから、この絵を鑑賞している人達の視界の中で、私の背中は、砂漠に立つ人の後ろ姿のように見えるかも知れない、と思いつくと、私はあわてて、人込みの後ろに隠れた。

受付の女性としゃべっていた杉本が、もどって来て、稜一郎は、ある人とここで会う約束があるから、もうすぐ現れるはずだ、と告げた。そうしたら紹介してあげるよ、と杉本は、私の表情を探りながら言った。あの絵、気に入ったわ。私は話を逸らした。私も一度いっしょに砂漠に連れて行ってよ、三人で砂漠を旅するなんて、どう？

杉本の目が一瞬光ったように思ったが、その光はすぐに消えてしまい、代わりに、厳しい声で、砂漠は三人で行くようなところじゃないよ、と言った。前にいたアベックが、ふたり同時に振り返って、杉本と私の顔を不思議そうに見比べた。

私は、さっきの絵に視線をもどした。三人で行くようなところじゃないって、どんなところだろう。どんな土地を、杉本と稜一郎は、ふたりで旅していたのだろう。砂でできた土地を、砂の絵を描きながら。でも、砂など、絵に描けるものだろうか。実際、カンバスの上に砂は描かれていない。色の濃淡、光の反射、何か実体のないものが見えるだけだ。

後ろから勢いよく杉本の背中を叩いた手があった。振り返ると、稜一郎が立っていた。いつか雑誌で見た写真とは、全く感じが違っていたが、それでも、不思議なことに、私には、すぐにそれが稜一郎だとわかった。また、来たの？　稜一郎が、すがすがしい声で言うと、杉本は後頭部をかいて、どうしても来たいって言う人がいるんで、無理につきあわされて、と言いながら、私の方を見た。稜一郎は私と杉本を見比べて、初めは少し驚いた様子だったが、すぐに微笑みを浮かべて、紹介してくれないの、と杉本に催促した。杉本は私をごく簡単に紹介したが、それが、私達が恋人として、もう長いことつき合っているような印象を与えたように思えた。こうなったら、私はどうしても、杉本の恋人にならなければならない、と思った。

私は、川村綾子の名前を出し、展覧会があることは、彼女から聞いて知った、と稜一郎に言ってみた。が、稜一郎は、綾子の名前を聞いても誰のことなのか、すぐにはわからなかった。高校の美術部の教え子の、と私が助け船を出すと、やっと思い当って、ああ、あの人ですか、卒業後、会っていないけれど元気ですか、と言った。稜一郎は、嘘をついているようには、見えなかった。そうですか、ずっと会っていらっしゃらないんですか、と私は念を押してみたが、稜一郎は、うろたえもせずに、人形の絵をよく描いていたね、あの子は、と言って、ひとりうなずいていた。

稜一郎は、太いカーキ色のズボンをはいていて、腰のあたりに美しい襞ができていた。両手の十本の指を、広げてぴったり腿に当て、少し前かがみに立っていた。一瞬、私は稜一郎の身体の重みが自分の上に、のしかかってくるように感じた。

今度、ふたりで遊びにいらっしゃい、と稜一郎が杉本に言ったのが、遠くで聞こえた。

＊

その後、また、あの家に行ったんでしょう、とあてずっぽうの質問を投げかける私の声は、うわずっていて、なんだか病人のようだ、と自分でも思う。先週、自分が稜一郎に会ったことを、綾子に話す気がないくせに、綾子が何か隠し事をするのではないかと心配している。あるいは、綾子は、どうしてそんなことが知りたいの、と言って、笑うだけかもしれない。綾子が何も話してくれなければ、空気が薄くなり過ぎて、窒息してしまいそうな気さえする。私は救いを求めるように、綾子の方を見る。綾子を親友だと思ったことはないし、可愛い後輩だと思ったことさえない。敢えて言うなら、私の犠牲者だと思う。私は、蛭のように綾子の身体にくっついて、話を吸い取って、栄養にしているのだから。

日曜日？　行ったわよ。でもね、彼女、原稿に追われて、時間がないって言うから、あたし、初めはずっと、簞笥にもたれて畳に座って、彼女が原稿を書くところを、下から見上げていたのよ、変でしょう。私は、綾子が、山野秋奈のことを〈彼女〉と呼んだので、驚いた。今までは、〈先生〉とか〈山野秋奈〉とか呼んでいたのに。

変でしょう、と綾子は、もう一度、繰り返した。物乞いするみたいに、下に座って、見上げていたんだから。そのうち、自分は、両足で立つことさえできない赤ちゃんで、口もきけないんだって気がしてきて。まるで、催眠術にかかったみたいだったわ。

秋奈の万年筆を握った右手だけが休みなく動き、部屋の中では、その他の物はすべて動きを止めてしまったかのようだった。しばらくすると、秋奈は、何か言葉を追い求めるように、ゆっくり振り返り、顔を綾子の方向に向けたが、綾子を見ているのではなかった。クモの巣のように表情のない目だった。羽虫のかかるのを待つクモの食欲が、その奥には隠されていたのだろうか。羽虫以外のものは、存在しないも同様で、その網膜には映らない。秋奈は、首をもとの位置に戻すと、また書き始めた。原稿用紙の上に置かれた左手には、右手以上に力が入っていた。紙を押さえているというよりは、まだ書かれていない文字のために、必死で場所を確保しているかのように見えた。

しばらくすると、稜一郎が部屋に入って来て、綾子の隣に腰をおろした。脚を曲げるとき、手で膝をかばうようにしたが、一度座ってしまうと安定した。右足を前に伸ばし、左足を腕で抱え込み、首をまわして、綾子に微笑みかけた。目尻に皺が寄り、その辺の皮膚は乾いていたが、瞳は、表面を水の層に被われて、その水の中に、綾子には名付けられない輝きと陰りとが見え隠れした。

綾子は、秋奈の方に視線をもどした。稜一郎もつられて、その方を見た。秋奈が、振り返って、並んで座っているふたりを見たが、その目はあいかわらずクモの巣のように無表情だった。稜一郎がぴったり身を寄せてきたので、その呼吸が綾子の身体に感じられた。綾子は、稜一郎の肩に頭をもたせかけた。それが、自分の心臓の音なのか、稜一郎の心臓の音なのか、わからなかったが、その音に気持ちを集中しているうちに眠くなってきた。

そのうち、稜一郎が、クモの巣の方向に歩いていくので、綾子もその後に従って、歩き始めたのだった。稜一郎は、ねばつく糸を両手でかきわけながらも、自分から、その糸に絡め取られていこうとしているようにも見えた。綾子は、少し不安だったが、稜一郎がいっしょだったので勇気を出して、同じように、糸を身体に絡めながら、奥へ奥へと進んでいった。

それから、どうしたの、と私は、畳み掛けるように尋ねるが、答えはない。銀行の時計が、一時を指している。綾子は、いつの間にか消えている。綾子は、時間どおりに会社に戻って、黙々と午後の仕事を始めているのに、私は遅れてもどってきて、まわりから冷ややかな視線を浴びながら席に着くことが多くなった。私は、綾子ほど速く歩くことができない。もう一時をまわっているのだとわかっていても、あわてて歩き出せば、ガラス板に額をぶつけて、脳髄にまで痛みが響き渡り、日が暮れるまで頭痛がすることが、わかっているので、先に行っていてね、と綾子に断って、ひとり、ゆっくり会社にもどるしかないのだ。このごろは、先に行っていてね、と断る必要さえなくなってきたようだ。気がつくと、綾子はいない。話の途中で消えている。それから、何が起こったの？　綾子がいないとわかっているくせに、そんな質問をする私は、一人二役を務めているのだ。それがね、先生のうちに、下宿することになったのよ、などと綾子の声色を真似て答えている。だって、今の下宿にこのままいたら、爪も髪もむしられて、ウミボーズみたいになっちゃうものね。あたし、先生の家の書生になって、学者になるの。もうアルバイトもやめるから。さようなら。

その夜、稜一郎の夢を見た。私は、台所でお茶を入れていた。奥の部屋では、杉本と稜一郎が座って、話をしていた。部屋は、昼間なのに薄暗かった。今日は、日食だから、と杉本が言うのが聞こえたので、もうすぐ、もっと暗くなるのかと、気がせいてきた。が、お湯は、なかなか沸かなかった。日食で地球の引力が弱まっているから、お湯も簡単には沸かないのだろう、と思った。ふたりは、私が見ていることには、気がつかないらしく、額と額をくっつけるようにして、親しげに話をしていた。ふたりは、私の知らない言語を使っていたが、時々、〈耳〉とか〈お尻〉とか、私の知っている単語が混ざっていた。稜一郎は時々、指先で御膳に、図形か文字のような物を描いてみせた。杉本は、その度に首を九十度ひねって、御膳の上に描かれた物を稜一郎の方向からじっと睨み、うなずいた。稜一郎の目はやさしく、唇は、しゃべっていない時も、半開きになって、笑うような形を作っていた。杉本は、妙に美しく見えた。それまで、杉本を美しいと思ったことは一度もなかったが、稜一郎の目を通して見ると、杉本はこんなに美しいのかと、私は内心驚いた。頭の内部から咲き出した花弁のような耳が大きくやわらかく揺れて、接吻したがっている唇のように見えた。杉本が、御膳の上に頭を横たえると、稜一郎は、細いロープで、杉本の耳を御膳にくくりつけ始めた。杉本は、気持ちよさそうに、くすくす笑っている。私はあわてて、まだぬるいお湯を急須に注ぎ、お茶の色が出ないので、果物ナイフで急須の中をかきまわして、それを持って、ふたりのところへ行った。お茶を入れるまで部屋に来てはいけない、と杉本に言われていたのだ。稜一郎はロープを持った手を休めた。あ、奥さん、妙なところを見つかってしまって。そう言って稜一郎は、頭をかいた。〈奥さん〉と呼ばれて初めて、私は自分が杉本と結婚していることを思い出した。そんな、いいんですよ、先生、どうぞ、ご遠慮なく。私は、稜一郎にお茶を出した。向こうへ行ってくれよ。耳を半分縛られたまま、杉本が、不機嫌そうに言った。いいじゃないの、たまには、私だって、あなたの色気のあるところが見たいわ。稜一郎は、大きな声で屈託なく笑った。今日は、先生に君を持って帰ってもらうことにしたから、と杉本が意地悪い笑いを浮かべて言った。羊羹をいただいたんで、お礼に何か差し上げようと思ってね、菓子箱を開けてみたが何もないんで、取りあえず、君を持って行ってもらうことにしたから。私は、うつむいたまま、何も言わなかった。やっと、私もあの家に行くことができるのだ。私やっと私も、快楽のある場所に居合わせることができるのだ。が、杉本も三人関係するつもりはないのだなと思うと、急にさみしくなって、泣きだしてしまった。

綾子は、会社に姿を見せなくなった。私が作ってあげた三人関係を盗んで、逃げてしまったのだ。係長の話では、そろそろ卒論の準備が忙しくなるから、と言ってバイトをやめていったそうだ。理由付けなど、どうでもいい。綾子は、私から逃げたくて、やめていったのだとしか思えない。山野秋奈が、ソファーに座って、綾子の髪の毛を撫でているところが思い浮かぶ。綾子の髪がふさふさと増殖していく。置き忘れられたお茶は、しきりと湯気をたてながら、さめていく。そこに、稜一郎が現れる。芸術家風の黒いセーターを着ている。あら、ちょうどよかったわ。お茶菓子がなくて、困っていたところなの、あなた、羊羹になってちょうだい。そう言って、秋奈が稜一郎にとびかかる。綾子もそれに続く。二匹の豹が、頭を並べて羊羹をむさぼり食っている。甘いので、牙の間から、よだれがだらだら垂れる。

私は、その場に突然、現れて、秋奈に向かって言ってやりたい。それは私が考えた物語なのよ、あなたの体験することは、私が頭で考えたことだけなのよ、これからもずっと、と。綾子にも言ってやりたい。あなたなんて、私のマリオネットに過ぎないのよ、と。

でも、私は、その家に行きつくことができない。中央線を出発点とすることしか知らない私には、貝割礼駅が見つからないのだ。

私の方が、綾子の作り話にまどわされていただけかもしれない。あるいは、秋奈の考えたお芝居を、私達がやらされていただけかもしれない。窓際の空席が目に入る度に、私は目まいがしてくる。来週から新しいアルバイトの学生が来るそうだが、男の子だそうだから、話し相手になるかどうか、わからない。机の横の壁は裸で、画鋲の跡だけが、数え切れないほど空いていた。その穴のひとつひとつに一度は約束の場所や時間がぶらさがっていたのだ。

机の上に綾子がいつも読んでいた雑誌が一冊、忘れられていた。めくってみると、イベントのページに山野秋奈の名前が載っていた。私は、初めて見るように、その名前を形作る文字を見つめた。長いこと、音としてしか聞くことのなかった、その名前が、今また、文字になって目の前にあるのが、不思議な感じがした。山野秋奈講演会。私は、日時と場所を記憶に刻みつけた。その時間に、その場所に出掛けて行きさえすれば、私だって、秋奈に会うことができるのだ。私は秋奈に近づいていって、こう言うこともできる。私、先生のご主人を存じあげております。この間、杉本さんに紹介していただきまして、今度、遊びに来るようにとお誘いいただいたのですが、お忙しいでしょうと思いまして……

　そこから、私と秋奈と稜一郎の交流が始まるかもしれない。私は、ばたんと音をたてて雑誌を閉じた。扉を閉じるように。幕を閉じるように。まぶたを閉じるように。まるで、そうすれば、同じ話が初めから繰り返されるのを止めることができるとでもいうように。でも、心のどこかでは、繰り返しの避けられないことは、わかっていた。自分が、そこへ出掛けていくだろうこともわかっていた。そこがどこであっても、私は、必ずまた、そこへ行ってしまうだろう。そして、そこで秋奈に出会う私は、今度もまた、私ではなく、第二の綾子かもしれない。

　気がつくと、私は複写機の前にぼんやりと立ったまま、そこで交わされる会話や眼差しを精密に思い描き、まだ、どこにもいない聞き手に向かって、頭の中で話して聞かせているのだった。

文字移植

において、約、九割、犠牲者の、ほとんど、いつも、地面に、横たわる者、としての、必死で持ち上げる、頭、見せ者にされて、である、攻撃の武器、あるいは、その先端、喉に刺さったまま、あるいは……

わたしは万年筆をナイフでも構えるように持ち替えて窓の外に目をやった。黒ずんだサボテンがぽつぽつと突き出した砂色の斜面がどのくらいと尋ねられても答えられない近いような遠いようなそんな距離ほど続きやがてバナナ園の不気味な波の中に呑み込まれていくその向こうには海が見えしかしその海がどこから空になっていくのか境界線らしいものは全く見えなかった。海が上昇して少しずつ空に変質していくわけではなく海と空とがふたつの国のように国境を接し合っているわけでもなく海と空とはお互いに全く触れ合うこともなく存在しているのだから両者を一枚の風景画の中で隣り合うふたつの色域のように見るのはおかしい。旅に出る度に風景が風景画のように見えてしまうのがわたしは嫌だった。しかもわたしは旅をするためにカナリア諸島へやってきたわけではないのに窓の外に何気なく視線を投げただけでもう自分が旅行者のような海の見方をしているような気がして恥ずかしくなった。

紫色の海面には縞模様が見えわたしはそれは波だろうと勝手に想像していたけれどもその縞模様はべったり凍りついてしまったかのように少しも動かない。だからそれは波なんかではなくて別の理由からできた縞模様かもしれなかった。それに海はやはり遠いのかもしれなかった。距離が離れていると動いているものも止まっているように見えることが時々ある。たとえば月などは動いているのに止まっているように見える。そう考えれば波が動かないことにも驚かないですむような気もする。波の音も聞こえず生臭い海草や死んだ魚のにおいもしてこないところを見るとやっぱり海は遠いに違いなかった。〈海の見える家〉という友人の話は嘘ではなかったが海は〈見えている〉だけで遠いということ。わたしはそれを少しも不満に思っているわけではなかった。泳ぎの嫌いなわたしは海など近くても遠くてもどちらでもよくてむしろ遠い方が気にならなくていいとさえ思っていた。

海とは逆にその手前のバナナ園の方は風が吹く度に重そうな葉が一斉にざわめくのが見えるような気がしたけれども実際はバナナ園もここからは遠かった。昨日行ったばかりだから近いような気がするだけで随分歩いたその距離を思い出してみると近いと言う気にはなれなかった。

バナナ園のことを思い出した途端わたしは右の腕がかゆくなってきた。特に手首のあたりと肘のあたりがすっぱいようにかゆくて窓からその腕を突き出して日の光にかざしてみると普通の毛穴が並んでいるだけで異常はなかった。わたしは強い太陽に当ると肌がかゆくなることがあった。そのかゆみは普通はほとんど気にならない程度のものだったけれどもバナナ園のことを思った途端にたまらなくかゆくなってきた。少なくともかゆいような気がしてきた。気のせいだろうと思って光にかざして調べているうちに今度は本当にかゆくなってきた。気のせいではなく本当にかゆいということらしかった。でも最近ではこの種のアレルギーは珍しくはないしそれどころか皮膚にアレルギー症状の現れたことのない女性にわたしは出会ったことがない。だから別にそれほど気にするほどのことではないと思うことにしていた。わたしは少しセメントのにおいのする古いタオルを食器棚から見つけ出してきてそれを水道の水で濡らして右の腕にまいた。この家には何でもそろっていたがタオルなどは最後に誰がいつどんな風に使ったのか分からなかった。友人の兄で内科医をしている男がこの家をいわゆる〈別荘〉として買ったのは十年あるいはそれよりも少し前のことだったがそれ以来本人はほとんどこの島へ来る暇もなくいつも親戚や友達に気前よく使わせてやっていた。自分で来るより人が行っている様子を自宅で想像している方が楽しいと内科医が言うのは負け惜しみだろうと初めは思ったもののその内科医に何度か食事に誘われてふたりで話をしているうちにこれは本当かもしれないと思った。そんなわけでわたしもこの島へ行ってみるようにと二度も勧められたのに二度ともきっぱり断った。わたしは嫌だと思うことを嫌だと言うのに少しもためらいを覚えたことがなくて逆にそのことを後ろめたく思うことが多かった。島にいる様子を内科医に想像され続けながら島にいるのは何だか恥ずかしいと思ったのが断った主な理由だった。その他にも自分でもよく説明できない理由は山ほどあった。それが三度目に勧められると突然のようにどうしても行きたくなった。〈ひとりで行くのはやめた方がいい。〉と言われたのにわたしは結局はひとりで来てしまった。〈男性は決してひとりでは行かない方がいいが女性でもひとりはやめた方がいいよ。〉と内科医は電話で忠告してくれた。〈わたしはひとりでも平気。わたしは旅行者ではないから。〉と言ってわたしはひとりで来てしまった。

タオルは初めは冷たく重たかったのにその冷たさもすぐにわたしの腕のほてりに犯されて生暖かくなってしかも急速に乾いていった。腕をゆっくり曲げてみるとタオルはその形のままギブスのように硬くなった。わたしは動かなくなった右の手に左手で万年筆を握らせ怪我をしているようなつもりになってみた。

ひらいた口の中、喉に、突き刺され、舌は底に、釘づけにされて……

明朝わたしを追いかけてゲオルクが島に来る可能性があった。明朝は飛行場も港も国際便で賑わう水曜日。もしゲオルクが来るとしたらそれは明日以外には考えられなかった。そのせいでわたしは落ち着かなかった。今日中にこの仕事を終わらせてしまわないともう仕事どころではなくなってしまうだろうし第一締め切りにも間に合わない。わたしはどうしてもこの〈小説〉を翻訳してしまわないといけないと島へ来てからそのことばかり考えているくせに実際にはまだ何もしていなかった。あと一日しか残されていないというのにわたしはまだ何をどう訳せばいいのか見当もつかずにいた。たった二ページしかないこの文字の群れを本当に〈小説〉と呼んでいいものかどうかさえわたしには見当がつかなかった。〈小説〉と言えば着古して生地のやわらかくなったもらい物の上着のような感じがするけれどもそれとは違ってこの文字の群れは太陽に焼かれた砂つぶのように肌に馴染まずスルリと腕を通して上着を着てしまうような調子で読み始めることなどできない。上着ではなく焼けた砂を着て歩いている。

〈犠牲者〉という言葉はOの字で始まっていた。そのOの字が一ページ目の紙面いっぱいに散らばっていることにわたしは気がついた。散らばっていると言うよりは紙面がそのOの字に蝕まれて穴だらけになっていた。しかもその穴の中は覗き込むことなどできない行き止まりの壁になっていてその壁を作っている白い紙面そのものがわたしにはますます突き抜けがたく感じられてきた。わたしは万年筆でOの字の内側を真っ黒く塗りつぶしてみた。すると少しだけ気が楽になった。

バナナ園が刑務所のようなところだということは昨日初めて知った。初めは何があるのか分からなかった。灰色のブロックが積み上げられ針金で固定してあるのを見ておやと思っただけだった。それが高さ二メートルほどの壁となって道に沿ってどこまでも続いていていくら歩いても途切れることがないのでそのうちに我慢できなくなってブロックの隙間に顔を押し当てて中を覗き込んでみるとバナナの木が一定の間隔を開けて何列にも並んで立っているのが見えた。垂れ下がったバナナの房はどれも青い半透明のビニール袋を被せられて付け根のところで紐できつくゆわえてあった。内側には水蒸気がこもって時々滴が垂れているのがビニールの外からも透けて見えた。驚いたのはその木々の生え出している地面がつるつるして平らで雑草一本生えていないことだった。おまけにあたりは静まりかえっていて生き物の立てる音が欠けていた。鳥も蜂も犬もいない。しばらく行くと腰をかがめなければ通れそうにない小さなブリキ製のドアが壁に取りつけてあった。ドアはゆがんでいて今にも開きそうだったが押してみると鍵がかかっていた。ドアのそばにはベニヤ板でできた看板が立っていた。看板に白いペンキで描かれているのはガイコツだった。有毒な薬を撒いてあるから立入禁止だというようなことがその絵の下に下手くそな字で書いてあった。入った途端にガイコツになってしまうほどの強い農薬が撒いてあるのかと思うとわたしは逆にこっそり忍び込んでみたくなった。辺りを見回すとふいに麦わら帽子を被った男が目に入った。わたしはうつむいて靴を脱いで中の小石を出してごまかした。

九割は、犠牲者の、口を、縫いふさがれている……

Mの字で始まるその言葉はしかし動物の〈口〉だけを指し人間の〈口〉は指さないのだ

った。わたしはついさっき書いた〈犠牲者〉という言葉の上に線を二本引いて消して代わりに〈いけにえ〉と書いた。いけにえ。いけにえならば人間でなくてもいい。いけにえの口。この言葉もどこかがおかしい。わたしは薬指で自分の上唇を左から右へ一直線にこすってみて中心から少し右にそれたところに虫さされの跡のような膨らみがひとつあることに気がついた。さわった瞬間そこに焼けるような痛みが走った。それからそこがたまらなくかゆくなってきた。蚊に刺されたはずはない。島には蚊はいないと内科医が自信ありげに言っていたのを覚えている。ちょうど空腹でもないのに戯れに皮もむかずに桃をしゃぶっているとやわらかそうに見えるその表面に隠れた細い透明な毛が唇に刺さって唇の中に酸性の液体を注入しそこがかゆくなっていく時のあのかゆみと似ていた。わたしは自分の上唇を顔から剝がしてしまいたいと思った。剝がして輸入紅茶の空き缶にでも入れてゲオルクへの贈り物にしてしまいたいとさえ思った。

そして、ほとんど、いつも、彼等は、である、ひとりぼっち、友人、助けてくれる人、親戚、はいない、近くに……

わたしのひとり寝泊りしている家の壁は火山噴火の時にころがってきた不格好な石を積

み上げてセメントで固めただけの簡単な造りでもちろんこの造りを〈簡単〉だと思うのは家など造ったことのないわたしの感想なので間違っているのかもしれないけれどもわたしの目には使われている石の大きさがまちまちでしかもその組み合わせもなんだか行き当りばったりな感じに見えた。素人が偶然にまかせて家を造ってしまったのかもしれない。でもいったいなぜこの菱形をした石の斜め上に星のように小さい丸いのをふたつ組み合わせたのかなどと考えながら個々の石をしばらく眺めているとこの配置が偶然のはずはないとも思えてきた。何も考えずにこんな組み合わせで石が並ぶわけはなく何か考えたに違いない。何か。わたしには見当のつかない何か。石を組み合わせている人たちの考えていることなどわたしには想像がつきそうにない。

噴火の時に溶岩が流れていった跡が家のすぐ脇を通って海まで帯状に続いていた。その〈河〉のような黒い道筋を何と呼べばいいのかわたしは知らなかった。夕暮れ時になるとそれがいわゆる〈本物の河〉のように見え水音まで聞こえてきた。その黒い河の上をわたしはいつの間にか見知らぬ女性と並んで歩いていた。その女性が〈作者〉なのだということは尋ねてみなくてもすぐに分かった。作者は時々つまずきそうになりながら歩いていたがそのつまずき方が愛らしく思わず手を差し出してしまいたくなるようでしかもそのつまずき方は本当なのか演技しているのか分からなかった。作者はわたしより二十歳も年上なのにそんなに愛らしくつまずくのは不公平にも思えたけれどもまた逆にそのくらいの世代の女性は愛らしくなければ生活費も手に入らない時代だったのだろうとわたしはそんな納得の仕方をしてみた。わたしはその愛らしさが妬ましいというよりもその愛らしさがわたしの知らない不特定多数の異性に向けられたものであるように思えて妬ましかった。

足の下にあるのは土ではなく消し炭のような物質でそれが時々かさっと音をたてて崩れた。崩れたところから深さの測りがたい薄暗い空洞が地下に広がっているのが見えることもあってわたしは落ちたらどうなるのだろうと心配だった。それでも作者に〈カモシカのように偏狭小心ね。〉と言われるのが嫌なので平気な振りをしていた。わたしは慣用句を使って批判されるのが何よりも恐かった。そして慣用句など連発しそうもない人といっしょにいると逆に慣用句ばかり心に浮かんできてしまうのだった。崩れた炭のかけらを手に取ってみると発泡スチロールのように軽くそれがわたしの指を黒く汚して指紋をくっきり浮き上がらせた。

〈わたしの顔には傷があるように見えますか。〉

と作者が尋ねた。わたしは恐る恐る作者の顔に目をやった。そこには〈傷〉らしいものは全く見えずそれどころか〈顔〉らしいものさえ見えずただOの字の形をした空洞が見えるだけだった。

全く、稀に、大抵は、背景に、現れる、一匹、二匹、小さいのが、現れる、ことがある、執行猶予期間が、続いているところの、殺人的な、光景、心の外傷は、しかし、避けられはしない、それゆえに、彼等もまた、叫ぼうとしているかのように、見える、いずれにせよ、彼等の、小さな口、大きく、開かれている……

いったいどんな乳獣が口を大きく開けているのだろう。それは蟬の幼虫のようなものかもしれないし、鳥の雛かもしれない。わたしはどちらにしても懐かしいような親しみを感じるけれども彼等の叫んでいる声はどんな声なのか思い出すことができない。どうやらわたしは喉が渇いているらしかった。空気が乾燥しているために体を動かさなくてもこの島ではすぐに喉が渇いてしまう。島そのものが乾燥してしまっているらしい。それというのもバナナ園が多量の水を必要とするからで人々が機械で無理に地下水を汲み上げてはバナナ園に撒いているうちに島の土壌は乾き切ってしまったのだと内科医がわたしに説明してくれたことがある。だからと言ってバナナの輸出をやめてしまうのは外交的にも経済的にも不可能だという意見が常識として通っていた。内科医自身もそう信じているようだったけれどもわたしはそういう意見はなんだか経済援助をやめたら発展途上国の人たちはすぐに飢え死にしてしまうという意見と同じで全然信用できなかった。わたしは台所の隅に置いてある素焼きの壺に口をつけて水を飲んだ。壺の取っ手は陶器の質が悪いのかカビでも生えているのかざらざらとしてきつく握ると掌が痛かった。わたしは手袋を持って来なかったのでどんな物を握る時にも素手で握らなければならなかった。

わたしがバナナ園の入口のところにしゃがんで靴の中に入った小石を出していると麦わら帽子を被った男が話しかけてきた。

〈あなたはこれですか。それともこれですか。〉

そう言いながら男は最初の〈これ〉のところでは平泳ぎの格好をしてみせ次の〈これ〉のところでは登山の真似をしてみせた。

〈わたしはどちらでもないんです。わたしは翻訳をしにこの島へ来たんです。〉

〈ああ。なるほど。〉

男はわたしの予想を裏切って少しも驚こうとしないのでわたしは逆に恥ずかしくなり翻訳などと言わずにただ仕事ですとでも言っておけばよかったと後悔した。男が何も言わないのでわたしは仕方なく付け加えた。

〈ある小説を外国語から母国語に訳すわけです。〉

これも言わなくてよかったと思った時にはもう遅かった。わたしは何も話したいことがないと言葉数が増えて無駄なことばかり言ってしまう癖があった。

〈間に合いますかね。〉

男はブロック塀にもたれかかると急にそんなことを言った。わたしは急所を突かれて一度は驚いたけれども男は当てずっぽうを言っているかわたしの考えていることとは全く別のことを言おうとしているかどちらかに違いないと思って自分の気を落ち着かせた。

〈間に合わせるしかありませんよ。お金のこともありますからね。〉

わたしは嘘を言った。この仕事を終えても印税はほとんど入らないだろうしそれどころかこの作品の発表されるはずの翻訳文学の雑誌は赤字が続いているので次号の印税の全く入らないうちにつぶれてしまうのではないかと心配している仲間もいた。だから生活に必要なお金に関してはアルバイトをして穴を埋めるしかなく翻訳を絶対に間に合わせなければいけないのは別の理由からだった。でもお金の話をすれば知らない人とでも話が通じるような気がするのでわたしはすぐにお金のことを言う癖がついてしまっていた。

ところが男はまるでこれまで〈お金〉などという言葉は聞いたことがないとでも言うようにぽかんとしていた。わたしは腹を立ててもう少しで嫌なことを言ってしまいそうになった。お金などどうでもよいのならばなぜバナナ園なんかで働いているんですかというセリフが喉元まで込み上げてきていたのだった。でも口に出しては言わなかった。言わなくて本当によかった。今思えば麦わら帽子を被ってバナナ園の近くに立っている男がバナナ園の労働者であるとは限らずそれはわたしが勝手に労働者とはこんなものだろうと想像していただけのことだった。わたしは労働者のことなど本当は何も知らなかった。だから労働者の考えていることなどあれこれ詮索するのは失礼だし労働者であるかないかさえ分からない麦わら帽子を被った異性の考えていることなど想像がつかなくて当り前と言えば当り前かもしれなかった。

彼等は、待たれている、同じ、運命に、彼等は、成長する、その中へ、いけにえになるために、一度など、それどころか、描かれていた、雛が、いっしょに、殺されているところ、一撃で、二匹いっぺんに……

言葉たちがつながらないまま原稿用紙の上に散らばっている。つなげて文章にしなければならないと思いながらわたしにはそのために必要な最低限の体力がなかった。もっと正確に言えば体力というよりも肺活量が足りなかった。ひとつの文章をゆっくり息を吸いながら読み切りそこでぐっと息を止めて頭の中で訳し語順を整えそれから用心深く息を吐き出しながら訳文を書いていくのがコツだと翻訳家のエイさんは言っていたけれどもわたしなどはひとつの単語を読んだだけでもう息が苦しくなってきて苦しいと思いながらいろいろ考えていると次の単語にはなかなかたどり着けなかった。それでも少なくともわたしはひとつひとつの単語の馴染みにくい手触りには忠実なのだと思うとそのことの方が今は大切かもしれないという気はしてきた。少なくともわたしはひとつひとつの単語を注意深く向こう岸へ投げているような手応えを感じていた。そのせいで全体がばらばらになっていくような気はしたけれども全体のことなど考えている余裕はなかった。全体なんてどうでもいいような気さえしてきた。翻訳というのが〈向こう岸に渡すこと〉なのだとすれば〈全体〉のことなんて忘れてこうやって作業を始めるのも悪くない。でもひょっとしたら翻訳とはそんなこととは全く別のことかもしれなかった。たとえば翻訳はメタモルフォーゼのようなものかもしれなかった。言葉が変身し物語が変身し新しい姿になる。そしてあたかも初めからそんな姿だったとでも言いたげな何気ない顔をして並ぶ。それができないわたしはやっぱり下手な翻訳家であるに違いなかった。わたしは言葉よりも先に自分が変身してしまいそうでそれが恐くてたまらなくなることがあった。

わたしは大学の先生たちに翻訳が下手だと言って時々批判された。同業者はもちろんそんなことは言わないけれども学者は翻訳家など学生のようなものだと考えているらしく誤訳を指摘するだけではなく文章が〈翻訳調〉だとか日本語が間違っているとか漢字の使い方が変だと言って批判した。〈こんなに露骨な翻訳調ではとても文学を読んでいる気になれない〉という書評を書いた学者もいる。文学の翻訳などしてもお金にはならないし誉められることはまずないので翻訳家のエイさんはもう翻訳をやめて自分で小説を書いている。そのエイさんも翻訳はもうやめたらと言うし他にも同じことを言う人が多いのに別にアルバイトをして生活費を稼ぎながらでも翻訳をやめないからにはよほど自分の訳に自信があるのだろうと思う人もいるけれども実際はわたしは自分の翻訳に全く自信がない。誉められたことがないから自信が生まれなくて当り前かもしれない。一度わたしが訳した作家が少し誉められたことはあったけれどもその場合でさえ〈文章がこれほど翻訳調でさえなければ〉とか〈原文の文体を味わわせてくれないのが残念〉と書評に書かれつまりわたしが誉められたわけではなくむしろ気に入らない点はすべてわたしのせいにされていた。

わたしは一度嫌なことを考え始めると芋蔓式にいろいろなことが不安になってくる癖があった。この仕事が終わるかどうかだけではなく帰りたくなった場合帰りの飛行機の切符がすぐに手に入るかどうかお金が足りるか誰かにお金を借りることができるか失くしてしまった地下室の鍵をどうするかなど心配する材料はいくらでもあった。地下室の鍵のことは特に気になった。翻訳を進めながらも鍵を失くしたことは何度も思い出した。しかも万年筆を握る掌がかゆいので文字を続けて書くことができず一行ごとに万年筆を置いて掌をポリポリとかいた。

とりわけ、出会う、人は、いけにえに、教会の、礼拝堂の、修道院の、美術館の中で、彼等は、すでに述べたように、ひとりぼっちで、いや、ひとりぼっちなどではなく、付き添われて、拷問吏に……

この島の教会でわたしはあるものに出会っていた。それとそっくりのものをわたしは以前ロンドンの国立美術館で見たことがあった。二日前にパンとチーズを買うために食料雑貨店を目指して斜面を降りていった時のことだった。斜面が段々になっているところが多いので家の窓からは雑貨店も教会も見えないが斜面を歩いて降りてみると初めてそこに視線から隠されたたくさんの場所があることに気がつく。そんな場所のひとつに黒い石を組み合わせて積み上げて造った教会が建っていた。黒い石を使うのは今では禁止されているので黒い建物は珍しく豪華に見えたが黒は悪魔の色だと決めつけている住民がなぜ教会を黒い石で造ったのだろうとわたしは不思議に思った。カトリック教徒が島を占領しつくしたのは五百年ほど前のことだと内科医は言っていたがその数字だけがはっきり頭に残っていてたとえば個々の火山の噴火の年などはきれいさっぱり忘れてしまったのが残念でならなかった。内科医はよく数字を引き合いに出した。それが頻繁過ぎてわたしは全部覚えておくことができなかった。内科医は年間旅行者の数やこの島にしか自生しない植物種の数や年間生産されるバナナのトン数まで知っていたがわたしはそれもみんなきれいさっぱり忘れてしまった。

　教会は前方につんのめるようにして建っていた。そのせいかわたしは用もないのに扉を押し開けて吸い込まれるようにどんどん中へ入っていった。教会の中の空気は埃くさく冷えていた。鉄格子のはまった小さな窓から薄い光がさしこんでいてその光は二本の石柱の間に誰かが隠そうとするように掛けたその絵の中に息づいているものをはっきりと見極めるには弱すぎた。それどころかその絵の中心にある暗い色がせっかくさしこんでくるわずかな光をも呑み込んでしまっていた。わたしは何も見えないと思いながらじっとその絵の前に立っていた。そのうちに目が暗闇に馴染んでくると槍に突き刺されて赤く血に濡れているものが見えてきたがそれは生き物の〈目玉〉であるらしかった。深緑色に光る数個の突起はどうやら〈乳首〉らしいとそれが分かってきた時わたしは右の胸に痛みを覚え思わずそこへ手をやったがその時はすでに遅かった。乳首がぱちんと割れてふたつになってしまったのだった。わたしはあわてて分離したふたつの乳首をぎゅっとひとつにまとめて強く掴んだ。まるでそうすればまたふたつがひとつになるとでもいうように。でもそれが逆に不要な圧力をかけてしまったらしくてふたつの乳首がそれぞれまたぱちんと割れて四つになってしまった。痛い。痛いけれどもわたしはこのことは早く忘れてしまいたいと思った。こういう類のことを気にしていたのでは仕事に取りかかることはできないし実際その時はわたしはまだ翻訳に取りかかってさえいなくてつまり最初の単語さえ訳していなかった。最終日にならないと仕事を始めることができない癖はこんなに遠くへやってきても治らないらしかった。最終日にならないとやらないのは怠け者だからではなくて本当はやりたくもないことを気取ってやりたいと主張しているからだとゲオルクは遠回しに言ったことがある。ゲオルクはわたしが翻訳をするのが基本的に気に入らないようだった。わたしは翻訳には向いていないから体を使ってもっと活動的なことをした方がいいとかいろいろと文句ばかり言っていた。でも本当のところはなぜゲオルクがわたしの翻訳をそんなに嫌うのかがわたしには全く分からなかったしゲオルクにはなぜわたしがそんなにゲオルクを嫌うのかがきっと分からなかったのだと思う。

いっしょに、現れる、殺す側と、いけにえが、基本的には、いつも、一対一の割合でしか、決して、大勢で、一匹を、殺す、ことはない、そのため、続いている、見せかけだけの、フェアプレイ……

〈あと十三週間くらいたつと何日も続けてアフリカ大陸からドラゴン風が吹いてくることがありますからね。そうなったらもう家の外へは出られませんよ。今がちょうどいい季節です。〉

そう言いながら雑貨店の女主人は山羊の乳のチーズとライ麦のパンを油紙にくるんでくれた。店の棚には洗剤や瓜やスペイン語の週刊誌が雑然と並んでいた。

〈熱い空気のようなものですか。その風は。〉

女主人はわたしがドラゴン風のことなど聞いたこともないのだと気がつくと怒ったような口調で説明し始めた。

〈ドライヤーの風を一日中吹きつけられているようなものですよ。ひどいもんですよ。まったく。髪の毛は抜け始めるし顔の肌も乾いてぽろぽろ剝けてきますからね。あれが来たら麻袋を濡らしたのを頭から被って寝床に入ってしまうしかありません。〉

それに対して、加害者は、いつも、ただ、自分ひとりを、連れてくる、ことはない、大抵は、高い位置から、馬に乗って、そして、常に、彼は、安全に、身を固めて、外皮に包まれて、鎧を着て、攻撃力を、二倍にして、足場を組み、武装して……

鎧に身を固めて馬に乗った中世の騎士の姿をわたしは思い浮かべてみたが訳されたばかりの単語たちはわたしがやっと思い浮かべたその像をあっと言う間に分解してしまった。やっぱりヒーローはいない方がいいのだということは分かったけれどもそれがわたしとどう関係してくるのかがまだ分からないままだった。

〈ああドラゴン退治の伝説ですか。でもどうしてそんな話をわざわざ選んだんですか。まあ普遍的ではありますよね。〉と編集者はあの日の電話の声の感じではあまり興味を持っていないようだった。〈聖ゲオルクが登場してドラゴンを殺してお姫様を助けるわけでしょう。まあその英雄が実は臆病者だとか実はドラゴンが不在だとか現代風にしてあるんでしょうが。あるいは戦うのはお姫様だとか。そういう話はありそうですね。こう言うのも何ですがフェミニズムの時代ですからねえ。〉わたしはまるで侮辱でも受けたようにあわてて反駁した。〈いいえ。そんなこと絶対にありません。本当に聖ゲオルクが出てきてドラゴンと戦うんですよ。お姫様だって現代風に書き替えてなんかありません。わたしそういう風に書き替えるだけで簡単に解決してしまうのは嫌いですから。だからこそわたしは書き替えることでなくて翻訳することを職業に選んだんじゃないですか。〉編集者は当然ながら納得がいかないらしく〈それで何がいったい面白いんですか。〉と改めて冷静な調子で尋ねた。そう言われて反射的に〈ぬっと出てくるものがあるんです。〉と場違いに情熱的に答えてしまったわたしは後には退けなくなってしまった。

いけにえは、それに対して、登場する、いつも、ありのままで、ひとりぼっちで、戦いに、防衛に、彼等は、着ている、肌を、売り物にして、命懸けで、大抵は、塔の先端に、小さな塔に、切妻に、柱に、踊り場に、大抵は、半分仰向けになって、色の明るい、傷つきやすい、腹部を、上に向け、やわらかい、場所に、加害者が、立つ、それは、まだ暖かい、動物的な、生きている、じゅうたん、そこに乗馬靴をはいた、拍車のついた靴、気持ち良さそうに、敷物に、埋もれるように……

窓から外を見ると海の表面を雲の影が妙にゆっくりと流れていた。空を見上げると雲は驚くほどの速さで移動していった。今朝と比べるとバナナ園が少しこちらへ近づいてきたように思われた。わたしは歩くバナナの木の話を読んだことがあった。その話の中ではバナナは夜しか歩かないことになっていた。わたしは本気で心配していたわけではないけれども戯れに窓から見えるサボテンの数を数え始めた。サボテンの数を数えて覚えておけばそして後でもう一度数え直して比べてみれば本当にバナナの木が少しずつ斜面を登ってくるのかそれともそんな気がするだけなのか確かめることができると思った。わたしは植物には全く関心が持てなかったけれども何が好きかと尋ねられるとサボテンが好きなような気がした。理由は葉っぱがないことや水がなくても平気でいることとそれからあまり役に立たないことなどだった。役には立たなくてもわたしとバナナ園を隔てていてくれるのもまたサボテンでそれがわたしにとってはかなり大切なことのように思えた。

わたしはサボテンを最後まで数えることができなかった。右足の爪先があまり痛むので室内履きを脱いで中を調べてみなければならなかったのだ。この島に来て以来出しても出しても小石が靴の中に入り込んできてどうしようもなかった。砂利道を歩いていて小石が靴に入るのならば分かるけれども家の中にいても小石がいつの間にかわたしの靴の中に入り込み右足の中指の爪と肉の間を引き裂こうとする。室内履きを脱いで調べてみるとすでに中指の爪は内出血でブドウ色に染まっていた。

どこへ、行っても、どこに、着いても、いけにえは、いつも、すでに、そこにいる、それは、あまりに当然のように、そこにいる、記念碑のように、泉のように、歩行者道のように、信号のように、だから、同じく、当然のように、見落とされる、やり過ごされる、あまりにも、よくある図柄、人間、男、殺人者、やろうとしている、もうひとつの、別の生き物に、そのことを、示そうとして、顔を殴りつけようとしている、突き刺そうと、穴を開けようと、砕こうと、近づいていく、首を切り落としてしまう、自分を、主張できない、それの……

せわしなく移動する雲の切れ目から太陽が現れる度に家の隣でヤシの葉が剣のように光った。風にあおられてその切先がこちらへ向かってくることもあった。わたしは尖ったものが特に恐いわけではなかったけれども自分のまぶたや口の中の粘膜を必要以上にやわらかいものに感じることがあった。すると体の別の部分もまた粘膜でできているような錯覚にとらわれてどんなに罪のない葉先でも近くにあるだけでなんだか落ち着かなくなる。

勝利者が、ひとり増える、その度に、いけにえが、一匹、増える、そして、生き物が、一匹、減る……

〈貿易船に乗って島を訪れる人たちもいますか。〉とわたしは雑貨店の女主人に尋ねてみた。

〈最近はね。足が濡れるのが恐いからって貿易船に乗って来る殿方もいますよ。客船だってカヌーに比べたらずっと安全で水もれなど滅多にしませんけれどね。でも貿易船にはかないませんよ。〉

聖ゲオルクも足が濡れるのが恐いに違いない。だからいつも馬に乗っているのだろうしあの乗馬靴も水が染みないように脂をたっぷり塗ってあるからテカテカ光っている。

〈貿易船はやっぱり造りが頑丈ですか。〉

〈それは常識ですよ。輸出入に使うわけですから。〉

〈バナナを輸出して代わりに何を輸入するんですか。〉

〈おもに農薬ですね。バナナ園で使う。〉

山羊の乳のチーズは初めは石鹸のような歯触りが不快だけれども舌にのせてじっと待っていると不思議な味わいが舌に染み込んでくる。わたしは島へ来てすぐに牛乳の味を忘れてしまった。牛乳を飲み始めるとすぐに母乳の味を忘れてしまうのと同じで乳の味は記憶として保存しておくことができないらしい。山羊は島で飼われている唯一の家畜だった。

〈牛や豚や鶏の輸入は禁止されていますから。〉

と雑貨店の女主人はずるそうに横目でわたしをにらみながら言った。まるでわたしが鶏の密輸業者にでも手を貸していてそれを自分は見抜いているのだとでも言いたげな口調だった。わたしは不愉快に思ってわざとこんな質問をした。

〈卵の輸入も禁止されていますか。〉

〈いいえ。卵は固茹でにして中身の完全に死んでいるものならばいいんです。〉

そう言って女主人は冷蔵庫の中からビン詰めの固茹で卵を出してきて見せてくれた。卵は黄色いゆで汁の中に浮かんでいた。


いけにえたち、あらゆる場所に、ずっと昔からいた、いったい何をしたのか、重大な、ではあるが、彼等にとっては、生まれつきの、間違いは、疑いもなく、彼等が、人間ではないこと、彼等が、異なっていること、これだけで、軽犯罪、最上級の、と見なされる、そして、最終的には、ただ、絶滅させられる、殊に、本物の硬貨に姿を変えられるとでも言うのでなければ、種族保護協定、でさえ、手が出せない、仮に、当時、すでに、協定が、あった、としても、なぜなら、彼等は、どんな種族にも、属さず、種族というものを、持たず……

わたしは水の涸れた河底を作者とふたりで歩いていた。もしも左右の岩壁に水と水草の模様が刻み込まれていなかったらもしも足の下の石が碁石のようにまろやかに削られていなかったら昔ここに河と呼ばれるほど多量の水が流れていたことなどとても想像できなかったと思う。

〈雨季が来ればまた水が湧きますよ。〉

肌のてらてらと光る男が脇を黙って通り過ぎようとした失礼なわたしたちに向かってそう言った。男はゴミでも拾うように小石を拾っては半透明の青いビニール袋に入れて集めているところだった。そのビニール袋はバナナ園で使っているものと同じものだった。男は返事を待つようにわたしたちの顔を眺めていたがわたしはわざと何も言わなかった。

〈ドラゴン風の季節が終わった頃にまた来てみなさい。水があるから。〉

男は諦めずに後ろから怒鳴ったがわたしたちは答えなかった。ところどころ石の間から湿った土の見えているところがないわけではなかった。でもその土を指先で掘りかえしてみても少しオナラのような臭気がたちのぼるだけで水は湧き出してはこなかった。掘れば掘るほど土は湿っていたが水を掘り当てるまでにはどのくらい掘ればいいのか見当もつかなかった。シャベルなど採掘の道具を持っていなかったので深く掘るのは無理に決まっていた。それを理由に掘るのはすぐに諦めてしまったのだけれども本当はいくら深く掘っても駄目なような気もしていてそれで掘らなかった。

〈行きましょう。〉

と作者が言った。わたしたちはどこかへ向かって夢中で歩いているところだった。そのうちにわたしは濡れもせず乾きもせずに石の上に絶えず揺れている影があることに気がついた。よく見るとそれは歩いているわたし自身の影らしかった。あまり歪んでいるのでわたしとは少しも似たところがなかった。

〈水があったら道はないわけだから。〉

と作者が言った。

〈水があったら道ではなくて河でしょう。それでも別に困りはしないけれど。道がなかったら歩かなければいいのだから。〉

と作者は付け加えた。わたしは作者が年齢のことをひどく気にかけているらしいことに急に気がついた。しかしだからこそなおさら〈五十歳にはとても見えない〉などとは言いたくなかった。そんなことを言えばまるで五十歳であることが悪いことであるように聞こえる。わたしはそんな風に考えたことはなく逆に五十歳以下の女性でも美しく見えることがありうるのだと考える方が難しくなっていた。が黙っていると作者がますますそのことばかり考えてしまうのがわたしにはよく分かった。なぜこんな年寄りの書いたものを選んだのかと尋ねられたらどう答えようかとわたしは考えた。年を取ったからもう歩けないと言われたらどう答えようかとも考えた。やがてわたしの心配していたとおり道幅は狭まり急な上り坂が始まった。作者の呼吸は激しくなり強い息のもれる度にわたしにはそれが答えにくい質問の出だしの部分のように聞こえてびくりとした。そのうちわたし自身の呼吸も激しくなってきて自分の吐く息の音以外は何も聞こえなくなりわたしは年齢のことを考えるのはやめてしまった。わたしは喉が渇いているらしかった。そうでなければ水筒を忘れたことを急に思い出したりはしないはずだった。

やがて上り坂は終わり目の前が急に開けた。わたしたちは山の中腹を歩いているらしかった。向かい側にもその隣にも同じような山が並んでいた。知らない間に随分登ったらしく植物の様相が変わりヤシやサボテンの代わりに栗の木が山を覆っていた。どこかから鈴の音が聞こえてきた。おやっと思っていると黒いものが見えた。それから白と茶色の斑が現れた。その後に白いのが続いた。色も大きさも様々な生き物たちが谷間から一列になって小道を登ってきた。山羊だった。それぞれが響きの違った鈴を首からぶらさげているのでその音が混じり合いあたりは不思議な音の重なり合いに包まれていった。先頭にいるひどく小さな痩せた黒い山羊はこぶの多い細い足で足場を探りながらのろのろと小道を登っていった。

〈やっぱり一番弱い者が群れを引き連れていくのね。〉

と作者が言った。山羊の列は途切れることがなかった。山羊たちは谷間から湧き出すように次々と現れてきた。わたしは最後に現れるだろう山羊飼いの男と犬を見ようと一時も目を離さずにそちらを見守っていた。なぜそんなものが見たいのか自分でも分からなかったけれども〈締めくくり〉を見なければ不安だった。本当はわたしは山羊が恐いのかもしれなかった。監督なしに山羊が勝手に島を歩きまわっていることに妬みを感じているのかもしれなかった。山羊が紙を食べるというのが本当だとしたら放し飼いの山羊に原稿用紙を食べられないように気をつけなければいけないということも心に浮かんだ。わたしは山羊飼いの男は職業柄朗らかな男だろうか憂鬱そうな男だろうかとそんなことも考えた。わたしとは逆に作者は山羊飼いの男など見たくはないに違いなかった。まして犬など嫌いだろうと思った。が作者もわたしの隣に立ち止まったままその場を動こうとはしなかった。

ところが最後に現れたのはわたしの考えていたような〈締めくくり〉ではなかった。最後に現れたのは最初に現れたのとそっくりな小さな黒い痩せた山羊だった。人にも犬にも付き添われることなく山羊たちは鈴の音を響かせながらわたしたちの視界から退場していった。

〈始めからこうと分かっていたらよかったのに。〉

とわたしたちふたりのうちひとりが言った。

それは、属さない、どんな、種にも、家系図を、持たない、そこらじゅうに、いた、どこにも、いなかった、水の、中に、土の、上に、中に、下に、空中に、それは、いつも、独居性、移住者、よそ者、それは、そのような者は、疑いを、呼び起こす、あきれてしまう、それほどに、むら気、うぬぼれ、奇癖、自分勝手、彼の、バリケードなしの、順応性のなさ、社会的に見て、無価値、それが、やがて、くさくなる、そのとおり、それは、ペストに染めてしまう、すべてを、有毒な、臭いで、ちょうど非公認の、記録、レゲンダ・アウレアに、文字どおり、化粧っけなしで、そう書いてある、それに加えて、助けようもない、その、めちゃくちゃな、からだ、この存在の、が提示される、作れない、概念は、作れない、像は、作れない、ではあるが、絵描き、彫刻家、詩人、その他の人たちも、みんな、試みた、作れない……

わたしは本棚に〈レゲンダ・アウレア〉があったのをここに到着した日に見たような気がして隣の部屋に行ってみた。この家には台所の他にふたつの部屋が内包されていた。ひとつは机と椅子が置いてあるだけのこの部屋でもうひとつの部屋には本棚や衣装戸棚や寝台が押し込められていた。浴室へは家の裏から入るようになっていた。わたしは隣の部屋へは島へ到着した日に入ったきりほとんど足を踏み入れていなかった。壊れかけた窓わくが時々カタカタと音をたてる。誰かが背後でしきりと歩きまわってでもいるような気のする嫌な部屋。香水の匂いが染み込んだベッド。その寝台はもちろん使っていなかった。寝袋を机の横に広げてこちらの部屋の窓の下で寝るようにしていた。

本棚にはこれまでこの家に泊まった人たちが残していった本が雑然と並んでいた。推理小説やポルノ小説はもちろんのこと爬虫類の生態に関する専門書やメソポタミア文明についての入門書もありまたクウェートの女性文学研究やコンピュータのカタログやカナリア諸島の伝統料理の本もあって題名を読んでいくうちにわたしは気が滅入ってきた。これだけ様々な本が置かれているのにわたしの読みたいことはどこにも載っていないに違いない。あると思った〈レゲンダ・アウレア〉もとうとう見つからなかった。オウィディウスの〈変身物語〉があったがこれを見て思い違いしたのかもしれなかった。

本棚を見ているうちに急にわたしにしては珍しく海に行って泳いでみたいと突拍子もないことを考えてしまった。水に入ってしゃがむと肩まで冷たく海水が体を包み下の砂を踏みしめた足の裏だけがほてってくる。そんな様子を思い浮かべて腕をぐっと上へ伸ばして深呼吸してみると急に水着が着てみたくなった。でも今この家を離れたらそして海の水になど肌をひたしてしまったらこの翻訳を終えることはできなくなってしまうに決まっていた。わたしは自分が訳したくて訳しているのだから訳すしかないと自分に何度も言い聞かせた。

せた。嫌ならばやめてしまうのは簡単でわたしは嫌なことを平気で嫌ですと言える性格なのに嫌だと言わなかったのは嫌でなかったからでそれ以外に理由は全くありえないと思ってみた。わたしは机に向かって翻訳をしたいと思っている自分とはいったい何者なのだろうと考え始めた。ゆうべ石鹼で髪を洗ったのがいけなかったらしく堅くなった毛先が曲がりくねった針金のようにうなじをチクチクと刺した。シャンプーを忘れてきてしまい雑貨店にも売っていなかったのだから仕方がない。後ろで髪を束ねゴムでゆわえてみた。すると髪の毛の重さで頭の皮が下へ引っ張られ首を動かす度に少し毛穴が痛かった。わたしは前かがみになったり背を後ろへそりかえらせたりして髪の毛がうなじに刺さらない位置を捜したがそんな位置は見つからなかった。

バナナ園はますますこちらへ近づいてきたようだとわたしはまたそんなことを気にしてサボテンの数を数え始めた。バナナ園のざわめきが大きくなってきたように感じられるのは風が強くなってきたせいに違いないとは思ったがはっきりしたことは分からなかった。あのヤシの木の葉が動かないところを見ると風は吹いていないという可能性もあったけれどもこの島では風はひとつの塊のように斜面を駆け降りていくので家の前では風が吹いていても下の方はまだ吹いていないというのはよくあることだった。こんな時に部屋に誰か居ればサボテンの問題についていろいろ話し合ってみたかもしれないがわたしは誰も居ない部屋にたったひとり座っていてしかもそれを寂しく思う気持ちは全然なかった。何か起こったらその時には誰もわたしを助けることなんかできないのだからひとりでいても同じことだと思っていた。なぜ内科医はひとりでは島へ行かない方がいいなどと言ったのだろう。翻訳をする時もものを考える時もひとりでするしかないのだからわたしは結局いつもひとりなのだと思う。

恥ずかしげもなく、示す、彼は、自分を、彼の、装備、誰よりも、優れて、ひとつにまとめている、すべてを、あらゆる、付属品を、特別なものを、または、特殊なものを、それ以外は、節約して、たったひとつの、種族に、分類されて、自分という種族に、彼は、たとえば、持っている、どろぼう猫の爪を、熊の毛皮を、鰐の頭蓋骨を、蛇の舌を、とかげの肌を、アメリカ鰐のしっぽを、彼は、持っている、巨大な、コウモリの羽を、動かすことのできる、アルマジロの鎧を、そして、時には、また、三重のまぶた、瞬膜、まるで、犬と同じで、まるで、隠そうとなどしない、肛門を、その上、睾丸は、突き出している、熟れすぎて、後ろ足の間から、同時にまた、所有している、同じひとつのからだ、ことがある、それに加えて、乳房を、または、いくつもの、尖った、突き出した、または、だらりと、ぶらさがった、乳、これまでにないスキャンダル、である、この大蛇……

何かが目の前でむっくり身を起こしたような気がした。わたしもつられて立ち上がり大きく息をついてそれから何か言おうとしたが言う言葉はなく言う相手もなく仕方なくまた腰をおろした。わたしには心配なことがいろいろあった。それに加えて島では医者にかからないようにと内科医に言われたことや水道の水は飲まないようにと言われたことなどを急に思い出した。

わたしは〈彼〉と言う字を次々黒く塗りつぶしていった。この生き物は乳房があるので男とは言えない。だから〈彼〉などという言葉を使うわけにはいかないと思ったものの代わりの言葉は思いつかなかった。ひょっとしたら〈彼〉でいいのかもしれない。〈彼〉という言葉はひとりの男を指すとは限らず単に〈向こう岸〉といったような意味があったような気がしてきた。向こう岸としての生き物〈彼〉。わたしは台所へ行ってタイガーメロンをふたつに割った。他には食べるものがなかった。テーブルの上には乾き切ったパンの残りがカヌーのような形をして置いてあったが乾いたものは食べたくなかったし山羊の乳のチーズももう食べ尽くしてしまった。また食料雑貨店へ買物に行けばいいのだろうけれども今は外へ出てはいけないと思った。ひとり台所に座っているとわたしには翻訳というのがどういうことなのかますます分からなくなってきた。

〈残念ながら自慢できるような言葉ではないんですよ。〉

何語から訳すのかと郵便局の事務員に尋ねられた時わたしはそう答えた。その言語が島の住民に憎まれていることを知っていたので口に出したくはなかったのだ。島に来る旅行者たちは大抵この言語を母国語としているために島の人たちはこの言語に偏見を持っていた。それでは何語に訳すのかと尋ねられるとわたしははりきって

〈わたしの母国語に訳すわけです。〉

と答えた。郵便局員はわたしの母国語が何語なのか知りたくないのかそこで黙ってしまった。

〈島の人はみんなスペイン人なんですね。アフリカ人もアラブ人もいないんですね。〉

わたしは話題を変えるためにそんなことを言ってみたがそれもまた間違いだった。

〈我々はスペイン人なんかじゃありません。カナリア人です。〉

島にあるたったひとつの郵便局のたったひとつの窓口であの日わたしと郵便局員はふたりきりでいつまでも話をしていた。わたしは何か懐かしいような気持ちと人恋しい気持ちが初めてうっすらと湧き起こってくるのを感じながらも思わず事務的なことを言ってしまった。

〈とにかく三日後にはできあがった原稿を速達便で送らなければならないので朝の九時には必ず郵便局を開けてくださいね。〉

〈速達だからといって早く着くとは限りませんよ。〉

と言って事務員は目くばせしてみせた。

〈それはかまわないんです。この島から原稿が離れてしまいさえすればいいんです。〉


タイガーメロンの外皮は虎の毛皮と同じで黄色い地に黒い縞が入っている。その皮を指で引き剝がしてみるとプラムそっくりの赤い果肉が現れる。皮もやわらかくて酸っぱくて美味しいので本当は皮を剝く必要などなかった。それでもわたしは皮でも何でもとにかく〈剝いてしまいたい〉という衝動に駆られていた。わたしはお腹がすいているのかもしれなかった。タイガーメロンにかぶりつくと汁が顎を伝って乳房の間をつうっと流れていった。風邪を引くとよく胃のあたりの肌がかぶれてしまうその場所だったが今は風邪を引いているわけでもないのにそこがかぶれているらしいことにわたしは気がついた。さわってて確かめてみるのは嫌だった。さわればますますかゆくなるに決まっていた。そんなことをひとり考えているとますますかゆくなってきた。そんなことばかり気にしているから仕事がはかどらないのだと思う。ひょっとしたら翻訳さえ終われればそんな心配事もみんな消えてしまうかもしれない。わたしはこれまでひとつの小説を最後まで訳したことがない。必ず途中で邪魔が入って仕事を続けることができなくなりエイさんに先を訳してもらうことになった。どんな邪魔と言っても一言では説明できないけれどもたとえば風邪を引いてこじらせているところにゲオルクが見舞いに来て〈だから無理しなければいいのに。そんな翻訳断ればいい。金にもならないのだし。〉などと言うとわたしはもう意志がくじけてしまう。何もかもゲオルクが悪い。ゲオルクさえいなければわたしはもっと強い人間かもしれないのに。

エイさんはどんな作品でもさっさと翻訳を済ませてしかも訳者名としてはわたしの名前だけを出すように言うのでわたしは自分が情けなくなってしまう。エイさんは自分自身が小説家になってしまってからは翻訳はきっぱりやめたことになっているので訳者としては名前を出したくないと言っている。翻訳をどこか軽蔑しているようでもある。〈あなたももう翻訳なんかやめて自分で小説を書いてみたら。〉などと言ってわたしの顔をじっと見ていることもある。〈翻訳家なんて芸術家のうちに入らないわよ。〉と言ったこともある。でもわたしは小説なんか書きたくない。わたしは翻訳がしたいのであって小説家になれなかったから翻訳をしているわけではない。

そんな偉そうなことを言っても翻訳をエイさんに手伝ってもらっているようだから仕方

がない。一度でいいから自分で最後まで訳してみたいと思う反面また最終地点に行き着いてしまってもう引き返せなくなり不当な決断を迫られるのも恐い。たとえばこの小説の場合ならわたし自身は聖ゲオルクなどではないしそんな者になるのは御免なのに最後にはわたし自身がドラゴン退治させられるとでもいうような。〈身から出た錆だ。〉と言われてわたしは自分の身から出た〈錆〉のような生き物を殺すまたは殺させる原因となってお姫様のようにあおざめた顔をしてそこに立ちつくしているといったような。またはわたし自身がイボだらけの体をさらして英雄に殺されるというような。そう思っただけで逃げ出したくなるけれども逃げても仕方がない。どこへ行っても三つの役割しか用意されていないのだから。すなわち聖ゲオルクかお姫様かドラゴンか。〈わたしはどの役も嫌です。わたしは翻訳者ですから。〉と言い逃れしてもその時はいいけれども少し時間が経過するとわたしはまた決断を強いられる。まさに翻訳をしているその作業において決断を迫られる。だからわたしは翻訳を完成させたくない。完成はさせたくないしもちろん中止したくもない。ずるずるとやっていく以外に名案が浮かばない。

そんなことばかり考えていても仕方がないのでわたしは気持ちをさっぱりさせるために真水で肌を清めようと思って浴室へ行った。浴室と言ってもむきだしの石の壁に四方を囲まれた空間にバケツが一個と太いロープが一本置いてあるだけだった。隅にある蛇口をひねると雨季にタンクに溜めておいた濁った水がちょろちょろと出てくる。それをブリキのバケツで受けて体を洗う。太いロープは何に使うのか分からなかった。何かを縛り上げるのに使うのだろうけれど何を縛るのかと言われてもわたしには見当もつかなかった。わたしは自分自身の髪の毛に刺されて熱くなった背中をバケツに汲んだ水で冷やした。果汁が染みてただれた肌をその水で丁寧に洗った。日光浴をしたわけでもないのに肌が全体的に錆色に赤茶けてきていた。自分の肌ではなくなってしまったような感じがしてきた。

産物、すべての、地を這うもの、逃げるもの、からだ、どんな前提も、取り決めも、分類も、守らない、からだ、過剰な、しかも、性の分化も、性の分担も、無視して、そのようなものは、からだ、滅びていく、ただそれだけの、凶器としての、無理もない、人々が、自分自身である彼を、手放したがっているということ、このからだは、最後には、やめさせられる、恥ずかしげもなく、こういうからだであることを、黙っていろ、と言われる、汗をかくのを、やめろ、くさい臭いを放つのを、やめろ、無実の羊、処女、を食らうのを、やめろ、それだけでなく、消え失せろ、と言われるのだ、それについては、意見が一致、してしまっている、彼が、すでに、自分のからだを、採掘する、取り壊す、権利を、自発的に、放棄しようとしない、その場合は、暴力を行使してでも……

〈とんでもない。島が乾いたのはバナナ園のせいじゃありませんよ。〉

魚屋の男は憤慨して答えた。わたしはその男からタイガーメロンを買ったのだった。この島には果物屋というものはなく果物はみんな魚屋で買うことになっていた。その魚屋も店があるわけではなく漁船が着くといつも小型トラックで島をまわって売りに来る。

〈島が乾くのはドラゴン風のせいですよ。しかし数年後にはエンジニアが北方からたくさんやってきて巨大な防風堤を作るそうです。〉

男はわたしをにらみつけて付け加えた。

〈バナナ園のせいだなんてとんでもない。〉

そう言われるとわたしはもっとバナナ園の悪口が言いたくなってきたけれども我慢して話題を変えて魚のことを尋ねてみた。漁船が着くとすぐに買い上げて売りにくるのだから魚は随分新鮮なのだろうと思っていると〈漁船〉というのは遠海漁業をしている船のことで持ってくるのは冷凍の鮭や舌びらめや時にはすでに缶詰になっているツナだと言う。

〈新鮮なものがおいしいとは限りませんから。それは旅行者の作った迷信ですよ。〉

と男は言った。

〈近海では捕らないんですか。〉

〈近海の魚はあんたの口には入りませんよ。〉と言って男は大声で笑った。男は肌の黒さが他の島人とは違っていた。男の父親は一時カリブ諸島から海を渡って大量にやってきた出稼ぎ労働者のひとりでそれが島の未亡人と結婚して定住したのだそうだ。両親はいつも離婚したがっていたと男は言ったがわたしはどう答えていいのか分からなかった。おとうさんはバナナ園で働いていたんですかという問いが舌先まで出かかっていたがバナナ園の話をずれば男はまた不機嫌になるかもしれないと思いわたしは口をつぐんだ。

困ったこと、大蛇にとって、それが、大蛇の、振舞いは、どれも、目もあてられない、どうにもこうにも、チャンスは、あったはず、少し、やさしさを、仄めかせていれば、すぐに、作ってくれただろうに、小さな保留地区を、秩序に合わせ、段々に、死ねるような、それどころか、この、怪物から、さえ、搾り取れるものが、何かあっただろう、たとえば、毛を刈る、羊のように、乳を絞り出す、派手な、羽根を、一本一本、むしってやる、毛皮を、引き剝がしてやる、耳の後ろから、すっぽりと、それから、卵を、取りあげて、焼いてやる、ゆでてやる、冷凍にして、それを使って、催淫剤を作る……

なんだかわたしは翻訳の速度が落ちてきたようだった。休みなく万年筆を動かしているつもりなのに文字の量はあまりふえていかない。それに加えてわたしは自分が何をしているのかがますます分からなくなってきた。わたしは翻訳をしているはずなのに言葉がつながっていかないので自分自身書いていることの意味がつかめない。読み返すから意味が分かるか分からないかが気になるのであって読み返さずにどんどん先へ訳していけばいいのではないかとも思う。エイさんは読者の身になって何度も読み返すようにと忠告してくれたけれどもわたしは読者の身になどなれそうにない。わたしは他人の身になんかなれない。もちろんだからと言ってわたしは自分の中に閉じこもって何も受け止めていないわけではなくて少なくとも作者から何かを受け止めているという実感があった。それに受け止めたものを投げ返していないわけでもなかった。ただどこへ向かって何を投げているのかがよく分からないだけだった。

わたしは河の向こう岸に向かって石を投げ続けていた。河には水がないのに足が濡れて冷たかった。河の向こう岸に男がひとり見えた。男はわたしが投げた石を拾っては半透明の青いビニール袋に入れて集めていた。わたしは足を動かす度に靴の中でぼちゃぼちゃと水音がするので困っていた。水が嫌いなわけではなかったけれども音がうるさくて気が散るのは嫌だった。靴を脱いで逆さまにして振ってみた。すると中から乾いた小石がばらばらと落ちてきた。

大蛇は、ただ、ほんの少し、ちょっとだけ、譲歩すればいい、自分を、保護のもとに、人間たちの、受け入れる、真似をする、忠誠を誓う、だけでいい、大蛇は、しかし、決して、そんなことはしない、大蛇は、固執する、敵であり続けることに、完全に、何が何でも、原則的に、永遠に、そして、原則的に、永遠に、大蛇は、信じない、人間における、言葉を、自分を、それと、なじませない、はねつける、接近してくるものを、音節ひとつなく、そうではなく、あるとしたら、ただ、わめき、うなり、さけび、張り裂けそうに大きく、開かれた、口、脅す、けづめ、すると、いつか、誰かが、思いつく、口実を、折よく、いらいらしている時、いつものことだが、思いつく、ちょっとした作業を、やってやろうと、口実を思いつく、喉を、槍で、一突き、してやる、顔に、一突き、槍で、一突き、それでも、まだ、足りないなら、その上、すでに、引き抜いた、剣で、野性的な、少しずつ、衰えていく、唸り声が、溢れ出す、血液……

島にいる犬はどれも猫のように小さかった。

〈山羊に噛みついたら大変だから大きい犬や人の言うことを聞かない犬はシメてきたわけです。それを長年繰り返していくうちに……〉

〈とすると……〉

〈自然淘汰です。〉

髪の毛のちぢれた女は膝の上の醜い子犬を撫でながら自信に満ちた口調で言い切った。その隣には髪の毛のまっすぐな女がやはり子犬を膝にのせて座っていた。ふたりは仲が良さそうだった。夕暮れ時になるとこんな女たちがそれぞれ犬を抱いて道端に椅子を並べてしゃべっていて犬たちは目玉がいやに飛び出していたり耳が片方だけ立っていたり睾丸がすごく大きかったりで醜さは様々だった。まだ幼い犬は藪の中を駆け回りイノコズチの種子を背中にたくさんつけていることが多かった。よく見ると女たちは左右の腿の間に犬の後ろ足をきつく挟んで抱いていた。犬はしっぽを振ってはいたが時々高い声で鳴くのは足が痛いせいかもしれなかった。

〈うちのは先週茶色ばかり生んだから一匹あげましょうか。〉

髪のちぢれた方の女がわたしに向かって言った。

〈いいえ。わたしはこの島へは翻訳をしに来ただけですから。〉

〈白いのもいますよ。斑も。〉

〈黒もいますか。〉

〈黒はいません。〉

島には黒い犬は一匹もいないそうだ。黒い犬は悪魔の使いだという迷信があるために生まれてもすぐに殺されてしまう。

〈すぐにツブシてしまいますから。〉

と女は明るく言った。


なぜなら、加害者は、聖ミヒャエルは、聖ゲオルクは、職業柄、天使と、聖人と、である、から、つまり、天使長と、神に仕える兵士、だから、討ちかかる、彼等は、完璧な、背面援護付きで、祝福を、受けて、やり遂げる、次々と、新しい、秩序を、作り、この、無秩序な、非社会的な、非人間的な、ばけものを、この産物を、神の不在の、混沌の、それを、あちらへ、やるべき方向へ、やってしまう、帰還のできない、あちらへ、地獄へ、永却の罰、死へ、悪魔のもとへ……

わたしは島でこれまで訪れた中では郵便局が一番気に入っていた。この島でほっとする場所は海岸などではなく郵便局の中だけだった。

〈翻訳は大変でしょう。〉

郵便局員がそんなことを言うのでわたしはつい余計なことをしゃべってしまった。

〈ええ。肌が弱いので。アレルギー体質なんです。〉

〈それは珍しくもなんともありませんよ。〉

〈わたしもいつもそう言っているんです。〉

〈世の中には決して他の言葉に翻訳されない本というのもありますか。〉

〈ええ。それは世の中のほとんどの本がそうでしょう。〉

〈翻訳しか残っていない本もありますか。昔の本で。〉

〈ええ。原本が消失して翻訳しか残っていない本もあります。〉

〈翻訳しか残っていないのにどうしてそれが原本ではないと分かるんですか。〉

〈それは誰でもすぐ分かりますよ。翻訳というのはそれ自体がひとつの言語のようなものですから。何かバラバラと小石が降ってくるような感じがするんで分かるんです。〉

〈海へは行かない方がいいですよ。〉

しかし郵便局員にそう言われた日の朝にわたしはすでに海岸へ行ってしまっていた。防波堤と観光客用の宿泊施設に挟まれた海水浴場の砂浜に座ってわたしはゲオルクのことを

考えていた。どうしてそんなことを考え始めたのか分からないけれども気がつくとすでに考え始めていてわたしは自分がまるで離れ小島で人質になって騎士が助けに来てくれるのを待っているお姫様のようだと思って苦笑した。わたしがお姫様と似ても似つかない理由のひとつはわたしがゲオルクのことを言葉では言いつくせないほど嫌っていることだった。ゲオルクが来ないのが一番だけれども今更どうすることもできないしもし万一来てしまったらどう対応しようかというようなことを脈絡もなく考えていたのだと思う。

防波堤の向こう側は港で時々そちらの方角から機械油が虹色に光りながら流れてきた。観光客たちは朝九時になると一列に並んで砂浜へやってきた。それからみんなが日焼けクリームの瓶を一斉に開けるので海岸は急に香水くさくなった。わたしは殺虫剤を思い出させるその臭いに息が詰まりそうになって思わず立ち上がり海の方へ逃げて行った。それから服を着たまま水の中へボシャボシャと入って行った。水の中には赤茶色の海草がひしめき合っていてその合間に鼻紙が一枚漂っていた。海草はわたしの足にもからみついてきた。それを引き剝がそうと腰をかがめた瞬間わたしは波が引いていく勢いに足を取られて水の中に倒れてしまった。水の中であおむけになって飲んだ水は塩辛くはなくバナナの絞り汁の味がした。

〈一本どうです。〉

てあった。

と若いアイスクリーム売りが鼻先に突き出して見せるアイスも黄色くバナナの形に凍らせ

〈無農薬ですか。〉

とわたしは意地悪く尋ねた。物を売りつけられそうになるとわたしは反射的に意地が悪くなってしまう。防衛本能のようなものだったかもしれない。

〈当り前でしょう。〉

と答えはしたもののアイスクリーム売りはもうわたしにアイスを勧めようとはせず悲しそうな顔をしてそこに突っ立っているだけだった。半ズボンの中から日に焼けた長い足が二本するりと伸びていた。履いているゴム草履は女物でゴム製の艶やかなケシの花がついていた。

〈きれいな草履を履いていますね。〉

とわたしは思わず口に出して言ってしまった。そういうことを言われるとアイスクリーム売りはわたしが〈無農薬〉と言った時よりももっと悲しそうな顔をした。わたしにはもうどうすることもできなかった。きれいな青年を見てきれいと言ってはいけないのは不自由だけれどもわたしはそんな観光客じみたことを言うために島に来たわけではないしわたし自身がもしアイスクリームを売っていて観光客にそんなことを言われたらとても嫌な気が

しただろうと思った。

〈ごめんなさい。〉

と言った時にはアイスクリーム売りはもうそこには立っていなかった。来なければよかったと思った。海辺になど座っていれば誰だって観光客と似てきてしまう。わたしは海岸へなど来なければよかったと思った。

繰り返し、数えられないくらい、例は、挙げられる、安上がりな展示の、チャンス、として、捕らえられる、見せ物にされる、おじけづかず、隠れようともせず、煮炊きされてしまうこともなく、殺されもせず、浄化されたりしない、からだ、は無用であること、見せしめに、ここでは、永遠の、敗北者、似合わない、からだ、既製品の、外套など、着られない、からだ、いつでも、型から、はみ出してきた、そして、何度、ひねってみても、ひっくりかえしてみても、それでもなお、意外な、気づかなかった、複眼が、宝石の切り子面が、現れてくる、光る、きらめく、どんな画像によっても、表現される、ことのできない……

太陽は遠のき斜め横から控え目に砂色の斜面を照らし始めそのせいか斜面にところどころ立っているサボテンが守衛のようにも見えてきた。

〈家には誰も入れないでください。〉

わたしはサボテンには人に対する以上の信頼と尊敬を寄せていた。サボテンは葉をざわめかせたりすることがないので風が強く吹いても音を立てなかった。そのサボテンのすぐ後ろまで迫ってきてざわめいている群集がいるように思ったがもしいるとしたらそれはバナナの木の群れに違いなかった。彼等は夜の外出を許されて囲いの外へ出てきたのだと想定してみるとこれからみんなで斜面を登って天文観測所の裏にある飲み屋へ悪いショーを見に行くところに違いなかった。その飲み屋の話は内科医から聞いていたけれども狭い舞台の上で正式に結婚している本物の夫婦が延々と交接するのを観光客が見物するそうだ。変わったことやいかにも見せ物らしいことは絶対にしないらしい。内科医は自分で見てきたわけではなく友人が見てきた時の話を楽しそうに話した。

わたしは部屋の電気をつけようかやめようかと迷っているところだった。暗い島の斜面に翻訳しているわたしの姿だけが照らし出されている光景を思い浮かべるとぞっとする。わたしはソロ奏者のように照らし出されるのではなく人の見えないところで作者の背後に隠れて誰も気がつかないうちに翻訳を終わらせてしまいたい。

〈あそこの家に誰か来ているらしい。〉

〈でもアレルギー体質らしい。〉

おうともせずに自分からどんどん降りていった。そうしながら作者は独り言のようにしゃべり続けた。

〈もういい加減あきらめて落ち着いたらって保険の勧誘員にも言われて。目医者にも言われて。老眼鏡のことで相談に行っただけなのに。学校時代の担任にまで言われて。お葬式で会っただけなのに。余計なお世話。自分の母親にも言われて。病気だからって看病してやったのに。あの生意気な演出家にも言われて。余計なお世話。本当に余計なお世話。わたしが年寄りだからみんなわたしに女をやめさせようとしているわけ。つまり小説を書くのはもうやめろって。〉

わたしも後から噴火口の中へ降りていこうと思ったけれども黒い砂に足がうまっていくのが恐くて先へ進めなかった。わたしは一度何かが恐くなると足が硬直して前にも後ろにも進めなくなる。わたしは臆病なところがあり水も恐いし砂も恐い。ゲオルクも恐いし仕事も恐い。

〈ああ。嫌だ。嫌だ。嫌だ。〉

そう言いながら作者はどんどん降りていく。わたしに向かって言っているのではないに違いない。わたしのいることなど忘れてわたしには分からないことをしゃべりながらどんどん降りていく。作者はわたしなど必要としていない。翻訳者なんていてもいなくても関係ないらしい。

〈経験なんて積むためにあるんじゃなくて壊していくためにあるのに。〉

〈待ってください。〉

〈作風だなんて冗談じゃない。どのページも一回切りの文体だから作風なんてないの。繰り返しは嫌いだから。積み重ねも嫌い。〉

そう言いながら作者は一度わたしの方を振り返ってみたがまるで見知らぬ通行人でも見るように表情を動かさずにまた進行方向へ顔をもどしてしまった。わたしは転ばないように注意深く屈んで砂をすくうとそれを作者の背中に思いっきり投げつけた。


そして、お姫様は、どこかで、安全な、距離をおいて、神の兵士の、背後で、戦いを、つつましやかに、心服して、見学している、ものを言う資格はない、礼儀正しく、ふせられた目で、ただ、待つことだけ、そして、すべてを、敬虔な、願いに、自分のために、鎧に包まれた男、のために、付き添う、自分のために、救済者、保護者、性の管理者への、恩を忘れない、ために、怪物は、地獄へ行ってほしい、と願うしかない、それは……

わたしは若い女性はあまりきれいではないと言おうとしたことが何度もあったが何か誤解されそうで言えないことが多かった。たとえば作者にそう言えばわたしが本当は作者よりも若いことに優越感を感じていてわざと心にもないことを言って作者を慰めていると思われそうだったし編集者にそんなことを言えばわたしが自分がもう若くなってきたので負け惜しみでそう言っていると考えるに違いなかったしわたしより若い女性にそんなことを言っても意味はないし第一失礼に当る。でもわたしは本当にそう思っていた。若い女性で生き生きとした人を見ることは珍しく大抵はまるで〈いけにえ〉のように辛そうに見える。あおざめた顔をして少し大きすぎる飾りを体のどこかにぶらさげていたり少し濃すぎる口紅をある日唐突に塗って来たりして他人の残酷な心を刺激する。肌が冷たそうで前夜泣き明かしたような隈が目の下にほんのり見えていて自分はやっぱり駄目だという引け目を見せることで他人の同情を買おうとしているように見えたり実際より無邪気に見せかけることで身を守ろうとしているらしいのが分かってしまったり。そんな無意識の仕草がわたしには美しいという感じとはほど遠い残酷な原則のように思え壮年の女性を見る度にわたしも早くあんな風になりたいと待ち遠しく思ってきた。

唇のおつとめ、女は、祈っている、ではないか、心から祈ってはいない、なぜなら、心は、心臓は、どこへいった、多分、沈んでしまった、滑り落ちてしまった、下の方へ、下着の裾よりも、もっと下の方へ、多分、縛られた、そして、こそ泥のように、ふるえながら、ビブラートしながら、心臓は、暗闇へ、血の河の、流されていった、くるくる回りながら、もみの木の深緑色の、紫色の、くるぶしまである、立派な衣装の、下へ、そして、更に、心臓は、あらゆる、襞、装飾、縫い目の、裏側へ、あそこにも、あるかもしれない、大蛇の、ばけものの、怪物の、舌の上に、あるいは、喉の、奥に、殺し屋である英雄が、何度も、何度も、狙いをつけ、突き刺さねばならない、喉の、その中に……

わたしは家の背後のイチジクの藪をかきわけて自動車道に出た。まだ雑貨店のある場所を知らなかった数日前のことだった。家よりも高いところには店がいくつもあるに違いないと理由もなく思い込んでいたわたしはパンを買うためにその自動車道を登っていった。自動車道と言っても舗装してあるわけではなく両脇を石で固めたある程度広い道なので自動車も通ることができるというだけの話で実際はいくら登っても自動車も人も見当らなかった。息を切らして立ち止まりじっとしているとカナリアが飛んできて近くの灌木にとまった。カナリアはとても真似のできないような早口で何かまくしたてた。野生のカナリアを見るのは初めてだった。わたしは鳥のことはほとんど知らないし興味も持っていなかった。それが急にカナリアが現れわたしは目を離すことができなくなってしまったのでそれが不思議でならなかった。

そのうち後ろからゆっくりと車のエンジンの音が近づいてきた。わたしは振り返らずに道の脇へ体を寄せて歩き続けた。道はさほど広くはないとはいえわたしさえ脇に寄っていればわたしひとりを追い越していく余裕は充分あるはずだった。振り返って反応を示すのは面倒なので振り返らずにいたのが相手に不自然に思われるかもしれなかった。わたしはしばらく待っていたけれども車のエンジンの音が大きくなっていくだけで車そのものはなかなか現れなかった。

この島の年寄りたちは車を運転していて歩行者を追い抜くのは恥だと考えているそうだ。中年の人たちもスピードは出さない。ただ少年たちが夜中にオートバイを飛ばして海にドボンと落ちて死ぬ事件が時々あるくらいだった。わたしは今更振り返るのも妙なのでそのまま前を向いて歩き続けた。背後にはタイヤが小石を踏み潰す音がはっきり聞こえ車はもうわたしの背中に張りつきそうなくらい近くまで迫っているに違いなかった。その時わたしは道がそこで終わっていることに気がついた。道は突然途絶えて見上げても見下ろしても急な斜面が続いているだけで〈前方〉と呼べそうな方向は消えていた。車はわたしのすぐ後ろで止まった。勇気を出して振り返ると頭に手ぬぐいを巻いた顔つきのけわしい男が手に光るものを持って跳び下りてきた。恐ろしく背の高い痩せた男。それがわたしを見てもにこりともしないで近づいてきた。

わたしは声を上げそうになった。男が襲いかかってきたように思ったのはしかしわたしの誤解で男は身をかがめてわたしの足元にしゃがみ込んだだけだった。しゃがみ込むと下を向いてオオバコの葉を手に持ったナイフで刈り取り始めた。

わたしはほっとすると今度は急に悪いことでもしたような気になってきて邪魔にならないように早く道を引き返そうと思ったが小型トラックが道を占領しているのでその向こう側に出ることができなかった。

〈終わったら乗せていってやるから。〉

と男が顔を上げて言った。その額にはもう汗がにじんでいたが集めたオオバコの葉は大きな麻袋にぱらぱらと入れると消えてしまいそうに少なかった。オオバコは今のうちに集めて乾燥させ冬に山羊の餌にするそうだ。しかしわたしは袋がいっぱいになるまでそこで待つのだと思うとたまらなく不安になって言った。

〈駄目です。とても待てそうにありません。〉

男はそれには答えずにいろいろと別のことを話し始めた。男は本島の大学で物理学を勉強しているが今は休みでこの島へ帰ってきて両親の雑用を手伝っているのだと言う。オオバコを刈っているからと言って物理学を専攻している大学生ではないとは限らないのだと納得しながらわたしは小型トラックにもたれてしばらく男の草刈り作業を見つめていた。手伝うのは嫌だった。わたしは植物を素手で触るのはあまり好きではないし男の隣にしゃがむのも嫌だったので立ったままぼんやりしていた。

〈あんたは旅行？　それとも売春？〉

わたしは自分の耳を疑ったが男は確かにそう言ったのだった。

〈どちらでもありません。〉

〈そう。しかし似ているなあ。〉

と言うと男はわたしの顔をじっと見つめた。誰に似ているのかと尋ねてその話をするのは嫌だった。

〈翻訳しに来ているんです。〉

わたしは話が面倒な方向へ行かないようにとそんなことを言ったが男はつまらなそうに視線を逸らして言った。

〈それはいい身分だね。〉

それは偶然にもゲオルクの口癖でもあった。いい身分だねと言われるとわたしはいつも勇気が崩れて腹が立っていても怒れないくらい膝の力が抜けてしまう。男はわたしがあまり長いこと黙っているので不思議に思ったのか顔を上げた。その顔に何か尖った好奇心のようなものが走った。わたしはそれには気づかなかった振りをして小型トラックをよじ登ってその埃にまみれた車体を乗り越え別れも告げずに来た道を引き返していった。

心臓は、もう、してはいけない、鼓動しては、血を汲み上げては、躍動しては、いけない、心の痛み、すべて廃止された、なければならない、少なくとも、角隠しの下では、欲望の、沼など、とっくに乾かされた、ゲオルクと同じように、初めから、乾き切っている、肉体の、欲望が、彼には、遠のいたもののまま、であり続けた、という風に、公式の報告書にも、書いてある、水は、そして、涙は、干上がる……

錆びたはさみのような色をしたイモリが窓辺でチョロリと動いた。外はもう真っ暗でサボテンは見えずヤシの木も見えずもちろんバナナの木なども一本も見えずただ時々葉のこすれる音がしていた。誰かがひそひそ話でもしているような気になる音で暗いところで聞いているとまるで部屋の中に人がいるようだった。仕方なく電気をつけると一度囁き声は遠のいたけれどもまた少しずつもどってきた。外からは中の様子が丸見えに違いなかったがこちらからは何も見えなかった。

〈もう少しで終わるんだから静かにしてください。〉

ひそひそ話はざわめきに変わりますます騒々しくなっていくばかりだった。わたしは台所へ行って水道の水で額を冷やした。それから飲んではいけないとは分かっていたがその水を少しだけ飲んだ。他にはもう飲むものがなかった。すると急に眠気が襲ってきた。

〈眠るな。〉

〈眠るとどんな顔かよく分からなくなる。〉

〈眠っていても間に合うこともある。〉

風は一晩中吹き続けるつもりだろうか。風など吹いていないのかもしれない。出所の分からないざわめきが細部まで聞き取れるようになっていくのに比例して目の前の文字がぼやけて解読しにくくなっていく。


内に、こもったまま、処女的、お姫様は、人生の、一時期から、別の、一時期へと、萎んでいく、しかし、ほとんど、人目を忍んで、また、トランス状態に、いるようだ、何が何でもと、彼女は、何かに、しっかり、つかまっていたい、らしい、そして、大蛇に、つまりは、つかまっている、徐々に、自分自身の死へと、踏み込んでいく、大蛇は、うなりながら、靴下、または、ベルト、である、その紐の、末端は、大蛇の、首に、巻きついている、もう一方の、末端を、つかんでいる、彼女は、両方の手で、両方の手は、同じ一本の紐に、かけられている、この紐で、彼女は、大蛇を、あるいは、大蛇は、彼女を、町へ、連れていく、連れていかれる、町では、一撃で、首をはねられる、そして、彼女は、洗礼を受ける……

窓ガラスには自分の顔が映っているだけで今は他のものは見えないはずなのに何か色の暗い塊が見えるだけでそれが何なのか分からない。暗い塊の中心でピカッと何かが光った。

〈覗かないでください。〉

わたしは喉が渇いているために気が短くなっているらしかった。窓ガラスががたがたと揺れて大勢が一斉に口笛を吹きならすような音がした。

〈風なら風らしく出なおして来なさい。〉

爆笑が起こった。わたしのことを笑っているに違いなかった。わたしは右腕の肘を乱暴にかきむしった。皮が剝けて指先が血に赤く染まった。わたしは床に落ちていた汚いタオルを拾い上げて指先と肘をまるで鰹節でも削るように強く拭いた。

〈汚いなあ。〉

〈気にしてないらしい。〉
〈わざと汚いことしているらしい。〉
机にむしゃぶりつくようにして最後の文字を書きつけていく。

油絵の中で、または、立像となって、持ち上げる、大蛇は、とっくに、ひどく、打ちのめされた、頭、振り返る、まるで、まだ、チャンスはある、とでも言うように、殺し屋に向かって、張り裂けるほど大きく開けた口で、血の溢れる口で、赤く割れた傷口そっくりの、口で、決して治らない、もう閉じることのできない、口で、叫ぶ、叫び、そして、喚き、唸り、からだの言葉、心臓の言葉、絵画の中にある、先祖伝来の、黙らされてしまったもの……

わたしは台所へ駆け込んで水道の水を何杯も飲んだ。それから台所のテーブルにうっぷして三十数える間だけ眠ろうと思った。三十数え終わったら原稿用紙を折りたたんで封筒に入れ宛名を書こうと思った。
ところが三十数えて立ち上がると夜が明けていた。驚いて机のところへ戻ると原稿用紙はもとのまま積み重ねられていた。窓の外を見るとバナナ園は地平線の辺りまで遠のいてしまっていた。東の空にはかさぶたを思わせるような赤黒い雲が浮かんでいた。引き剝がしてしまいたくなるような豊富なかさぶただった。わたしは急いで原稿用紙を折りたたんで封筒に入れた。それから急に原稿用紙をなぜ三角形にたたんだのだろうとそれが自分でも不思議になりまた封筒を開けて原稿用紙を取り出してみるとそれは三角形ではなくきちんと四角くたたんではあったものの題名が書いてなかった。それは当然と言えば当然のことでわたしは題名を訳すのをすっかり忘れていた。

〈題名は明日電話でお伝えします。〉わたしは原稿用紙の端に万年筆でそう書いた途端に嫌なことを思い出した。〈水性インクのペンは絶対使わないでくださいね。〉と編集者が電話で言っていたことを思い出したのだった。〈いいじゃないですか。航空便だから海に落ちて字がにじむこともないし。〉とわたしはわざと朗らかに答えたが編集者はそのことでひどく気を悪くしてわたしのことを嫌味だと言っていたと後でエイさんが教えてくれた。この水性インクを見たら編集者はわたしが嫌味でわざとこんなインクを使ったと考えるに違いなかった。これから全文を書き替えるのは無理だった。なぜなら郵便局員はわたしのためにわざわざ九時きっかりに窓口を開けてわたしの来るのを待っているに違いないのにその気持ちを裏切るのはわたしには辛かった。何と言ってもあの局員はわたしの仕事を理解してくれるかもしれないたったひとりの島人なのだから局員の気持ちを裏切ってまでインクの種類になどこだわることはできなかった。水性でどこが悪いとわたしはひらきなおった。水性で結構。にじむものは自ずとにじむ。消えるものは自ずと消える。問題はしかしもはやインクの種類のことではなかった。室内履きを勢いよく脱ぎ捨てたのはよいけれども外でいつも履いていた革靴がいつの間にかドアの前から消えて失くなっていた。近所の子供が盗んでいったのかもしれなかった。わたしはなぜ靴を昨日に限って外へ出しておいたのか考えてみたがそんなことを今更考えてみても仕方がなかった。仕方がないと思った途端なぜ昨日ドアの前に靴を置いたのか思い出した。中に水が入って濡れてしまったので乾かすために外に置いたのだった。しかしなぜ昨日足が濡れたのかは思い出せなかった。水のある河へ行った覚えはなかった。島に来て以来一度も水のある河を見た覚えがない。そんなことを考えていても仕方がないのだけれど。水の問題は貿易の問題でわたしなどにはどうすることもできない。水が惜しければバナナの輸出をやめるしかない。すると外貨が入らないから輸入もできなくなってしまう。

　わたしは家の中の戸棚を次々開けていった。すると食器棚の一番下の段に子山羊をまるごと煮る時に使う大きな鉄鍋がありその中に赤いフェルト靴と〈レゲンダ・アウレア〉と地下室の鍵が隠されていた。どんなにうまく隠しても予想外のところを捜す能力のある人間の目を免れないものだと思うとわたしは得意だった。赤いフェルト靴には見覚えがあった。そんな靴をわたしはロンドンの国立美術館で見たことがあった。パオロ・ウチェロの絵の中でお姫様が履いていた靴だ。聖ミヒャエルがこんな靴を履いて蛇を踏みつぶしている絵もあった。ピエロ・デラ・フランチェスカの絵の中のミヒャエルの目つきは気持ちが悪かった。蛇をつぶすなんて。蛇を踏みつぶした靴なんて。わたしはそんな靴を履くのは嫌だった。履いただけでミヒャエルのうつろな残忍な疲れ切った満ちたりない目つきが感染しそうでどうしても嫌だった。お姫様の目つきが感染することを思うともっと嫌だった。感染するまでもなくわたしはすでにあのお姫様と似た目つきをして立っていたことがあったに違いない。自分でもそれと気づかずに。だからなおさら嫌だった。

でも他に履く靴がないのだから仕方がない。フェルト靴を履いて封筒を持って家を出ようとすると家の鍵が見つからなかった。地下室の鍵が出てきたから代わりに家の鍵が消えたのだろう。貿易淘汰も自然均衡もそんなものなのだろう。何かが出てきたからと言って喜ばせておいて実は何かが消えていることを隠そうとする。それは分かっていてもわたしは家の鍵を捜している暇がない。朝一番の貿易船が着けばその中にもうゲオルクが乗っているかもしれない。あるいはゲオルクは朝の第一便の飛行機から降りてくるかもしれない。その前にわたしはわたしの仕事をどうしても郵便局に引き渡してしまわなければならない。

ない。

〈五分したらもどります。〉

と紙切れに書いてそれをドアの間に挟んだ。そうすれば泥棒もわたしがすぐもどってくることが分かっているので落ち着いて物を盗むことはできないだろうと思ってそうしたのに斜面を降り始めると急にまた心配になってきた。あんなことを書けば逆にわたしが家にいないことが分かってしまう。もしかしたらわたしがあの家に逗留しているということさえ今まで誰も気がついていなかったかもしれないのにあんなことを書いたためにわたしがあの家に宿泊していてしかも今ちょうど留守だということが分かってしまう。でもわたしにはわざわざ斜面を登って紙切れを取り除く時間はもうなかった。そんなことをしていたら郵便局員はわたしが来ないので怒って局を閉めてしまうかもしれない。翻訳家の言うことはやっぱり当てにならないという結論に達してしまうかもしれない。その時わたしは道端に髪のちぢれた女が小犬を抱いて座っていることに気がついた。いつか言葉を交わしたことのある女。それだけで知り合いに出会ったような親近感を覚えた。

〈茶色の小犬もらってくれませんかね。〉

女はわたしを見ると挨拶抜きでそう言った。

〈すみませんがあのヤシの木の隣に建っている家のドアに紙切れが挟んであるんですがそ

れを抜き取ってどこかに捨ててくれませんか。そうしないと大変なことになるかもしれないんですがわたしには今自分でそうしている時間がないのです。〉

ずうずうしいとは思ったがわたしには他に頼む人もいなかった。女は膝を一度ぽんと叩くと親しげに笑いながら言った。

〈嫌なこった。〉

そう言われても仕方がなかった。わたしの不注意がいけないのだ。もしも泥棒が入って電気包丁やアイロンを盗まれることがあったらわたしはそれを弁償しなければならないだろう。嫌なのはそれを弁償することよりも警察官を家の中へ入れていろいろ話を聞かせなければならなくなることだった。島の警察官は取り調べとなると何日もかけて徹底的に事情聴取をするそうだ。滅多に事件が起こらないので起こった時にはたくさん記録を残そうとするらしい。わたしはいろいろと個人的なことを詰問されるのが嫌だった。たとえばなぜわたしが夫を連れて島に来なかったのかという質問に始まって夫がいないとなるとその理由それから家の持ち主である独身の内科医との関係。もし内科医がわたしの恋人ではないと言えばなぜ家を使わせてくれるのか。代償にどんなお礼をするのか。翻訳をしていると言えば印税はいくら入るのか。入らないなら編集者はどんな代償を払うのか。払わないのなら編集者はわたしの恋人ではないのか。昔恋人だったことはないのか。ないとしたら本物の恋人はいつ何便の飛行機で現れるのか。もし本物の恋人がいないとしたら船に乗って現れるゲオルクとは何者なのか。いったいゲオルクとは何度寝たことがあるのか。寝ていないとしたらどの辺りまで深く交渉を持ったのか。交渉が全くなかったとしたらなぜなったのか。なぜうまくいかなかったのか。その辺の事柄が警察の管轄下にあることは明らかだった。そんな質問をしに家に入ってくる男がいたらそれはもう制服を着ていなくてもすぐに警官だと分かってしまう。そのくらいわたしはいかにも警官らしい質問というものに敏感になっていた。わたしは一度そんな警官の思いのままになってしまったらもう文学を翻訳するどころかその日その日の逃げ場もなくなってしまうに違いなかった。しかしそんなことを子犬を抱いた女に説明している暇はなかった。どうやって説明すればいいのかも分からなかった。わたしはもう女には何も言わずに斜面を駆け降り始めた。

〈ちょっとちょっと。待ちなさい。待ってちょうだい。〉

食料雑貨店の前を走り過ぎようとした時に店の中から女主人が声をかけてきた。わたしはこんなおしゃべり女と話をしている暇などなかったが店の中から山羊の乳のにおいが漂ってくるのを吸い込んだ途端にひどい空腹を覚えこんな空腹をかかえていては郵便局へはたどり着くことができないだろうと思い仕方なく店に入り山羊のチーズをひとかけら手に取ってすぐに口に頬張った。その時ふいに家に財布を忘れたことに気がついた。わたしは泣き出してしまいたかった。財布がなければ郵便局で切手を買うこともできない。財布を取りに行っているうちに郵便局は閉じてしまうだろう。わたしは本当に泣き出してしまった。しばらくして目を上げると雑貨店の女主人はわたしの泣くのを面白そうに眺めていた。年中無休で店番をしているのではこんなことくらいしか道楽はないのだろう。他人が泣いているのは見ていて確かに面白いものだから仕方がないなどとそんなことを考えながら泣いているわたしは気がつくと少しも悲しくなくなくただ泣いているだけだった。尋ねられたわけでもないのにわたしはなぜ自分が泣いているのか順序立てて説明した。すると女主人は輸入紅茶の缶を店の奥から取ってきて開けて中から無造作に札束を摑み出してわたしの両手に乱暴に握らせた。

〈ほら。これ貸してやるから。〉

札束は手触りが嫌にすべすべしていてしかも軽かったのでこれは子供のおもちゃかもしれないと思った。たとえおもちゃでもないよりはましだった。とにかく女主人はわたしを助けてやろうと考えたに違いなかった。理由などどうでもよい。理由などないのかもしれない。退屈だから助けただけかもしれない。わたしは感謝の気持ちが少しも湧き起こってこないのを不思議に思いながら札束を握り締めて店を飛び出した。

バナナ園の壁に沿って道を走りながらいつかそこで出会った麦わら帽子の男がわたしに

向かって〈間に合いますかね。〉と皮肉な調子で言ったことを思い出した。今思えばあの男は自分自身よく理解できていないに違いないことを口にしながらも要点を押さえるコツをよく呑み込んでいた。今はしかし転ばないように走りさえすれば間に合うはずだった。わたしは走った。走っているうちにまだ人影のない海岸へ出た。すると驚いたことに脱衣場の隣で七歳くらいの男の子がおもちゃとはいえ金属製の剣で石のようなものを思いきり叩いていた。わたしは封筒をしっかり胸にかかえて近づいて行った。封筒を奪い去られたりしては大変だけれどもその少年を放って置くわけにもいかなかった。なぜなら近づいて行くと予想どおり叩かれているのは石ではなく生き物だった。首手足を引っ込めた亀だった。わたしは少年の手を後ろからやさしく握った。言葉をかけようとしたが何と言っていいのか分からなかった。少年の手は熱くてねばねばしていた。少年はわたしの顔を見上げると急に指先でわたしの頬の肉をぎゅっとつまんでひねり上げた。わたしは思わず

〈イタイ！〉

と悲鳴を上げた。少年はわたしを苦しめるためにそうしたのではなかった。そうではないのだと理解するのは難しかったけれども事実そうではないのだった。少年は無邪気な声で言った。

〈汚い肌がついていたから。〉

少年は汚いものを取り除こうとしただけだった。わたしの肌の一部が汚いのでそれをちぎり取ろうとしただけだった。ただ肌は取れないものだということを知らなかっただけで親切な気持ちからやったことだった。それから少年はわたしが胸に抱いている封筒をじろじろと値踏みするように眺めた。危険を感じたわたしはわざと声をひそめて言った。

〈脱衣場の中を覗きに行こうか。女の人がたくさん着替えしているよ。〉

そう言えば少年の気に入るだろうと思ってわたしはそんな愚かなことを言った。言ってしまった後で不快感を感じたが仕方がなかった。少年はあまり興味を引かれた様子はなく相変わらずわたしの封筒をじろじろ眺めていた。わたしは少年の背中を押すようにして無理に脱衣場の入口まで連れていった。

〈さあさあ。覗き見をしましょう。面白いわよ。何でも見えちゃうんだから。〉

それから開かれたドアの前まで来るとわたしは思いっきり少年の背中をドンと後ろから押してからっぽの脱衣場の床に少年がうつ伏せに倒れると急いでドアを閉めてドアの前に重い石を積み上げた。こうすれば少年はもう出ては来られないだろうと思った。少年は体は小さくてもすでに聖ゲオルクの面影を宿していた。だからこそわたしの封筒を奪おうとしたのだ。少年はドアを押しても叩いても外へ出ることができないだろう。少年は鼻を打って中でひとり鼻血を出しているかもしれない。これで安心して郵便局に向かうことができると思うとわたしはほっとした。

　ところが海水浴場を横切って歩いていくと遠くからアイスクリーム売りが歩いてくるのが見えた。こんな時間にもうアイスクリームを売っているのはなぜだろうと不思議に思った時にはもう遅かった。青年はわたしの方へ走り寄ってきて箱の中から青銅の剣を取り出して見せ自信ありげに笑いかけた。さっきの少年が知らない間にこんなに大きく成長してしまったのかと思えるくらい少年と似ていた。力では到底かないそうにない。わたしは反射的にうつむいて見せた。青年はわたしの前で立ち止まりわたしの肩に左手を掛けた。右手には剣を握ったままだった。

〈わたしではとてもできそうにないから。〉

と言いながらわたしは背後に隠した封筒に青年が関心を向けないようにと願った。

〈そんなことないだろう。〉

と言って青年はわたしの髪を不器用に心をこめて撫でた。が本当は髪の毛ではなく肌にさわりたがっているのが分かった。その指は一度は耳の穴に潜り込もうとしたが太過ぎて潜り込めず肩からむきだしの腕へと滑り腕から肘へと肌に密着したまま下降していった。

〈肌が随分錆びてきたね。〉

と青年がむしろうれしそうに言った。わたしにはその意味がはっきりとは分からなかったけれども良い意味ではないに違いなかった。

〈年だから。あなたは若いからいいけれど。〉

とわたしは注意深く言った。青年に本心を悟られればそれでもう終わりなのだと思っていたがその本心とは何なのか考えてみるとそれも分からなかった。

〈そんなことないだろう。成熟したんだろう。剝けてくるかもしれないね。〉

そう言って青年は剣の刃でわたしの腕に軽く触れた。痛いというほどの痛みは感じなかったが皮が少し剝けて刃の先にだらりとぶらさがった。肉に赤い点々が現れそこから血が溢れてきた。わたしはそれを恥ずかしく思った。

〈あなたはいいわ。いつでも時間どおりに何でも間に合わせることができるから。わたしは最後のぎりぎりにならないと始めないから駄目なの。それにあなたは一度始めたら気を集中して仕事するでしょう。わたしは駄目。気が散って。だから……〉

わたしはなぜ自分は急にそんな懺悔のようなことを始めたのだろうと頭のどこかで疑問に思いながら別の話題を捜すことなどできなかった。防衛本能のようなものだったかもしれない。

〈それにわたし野心が足りないからいくら仕事しても同じ所で堂々巡りなの。あなたは個性があるから人にもすぐ名前を覚えてもらえるけれど。わたしはすぐに忘れられてしまう。わたしがやっていることなんて語学が良くできる人ならわたしよりずっとうまくできることばかりだけれどそういう人は馬鹿馬鹿しくてこんな仕事しないわね。あなたはいいわ。何になるか子供の時からもう決めていたんでしょう。その決意をずっと変えなかったんでしょう。〉

〈駄目だよ。そんなお世辞使ってももう遅い。〉

と青年は軽く受け流した。刃が立つ度に赤茶けた肌が紫色に変わった。青年はわたしの肌を剝こうとでもしているようだった。わたしのために是非そうしなければいけないと考えているようだった。

〈もう心配ないよ。〉

と青年は二度ほどつぶやいた。青年はちょっと恥ずかしいかなと思いながらも自分の仕事に誇りを持っているらしいことが見てとれる。わたしは痛みを感じても体を動かすことができなかった。頭の中が白くなっていくようだった。あんなに嫌いな聖ゲオルクと抱き合っているのだから当然と言えば当然だけれどもそんなことよりも封筒を持って早く逃げなければとそればかり考えているのに名案が浮かばないので息が苦しくなってきた。

〈大丈夫だよ。〉

と青年はやさしく言った。

〈馬はどうしたの。〉

ふいに思いついてそう言うと青年ははっとしてわたしを突き離した。

〈ほら。あそこを走っていく。つなぐのを忘れたのでしょう。〉

馬の影が防波堤に沿って走っていくのが見えた。青年は体の向きを変えるとそちらへ向かって全速力で走り出した。その敏捷さは馬を失ってもなお聖ゲオルクであることに違いはなかった。わたしは郵便局に向かって丘を駆け登っていった。

ところが郵便局の前の通りに出るとそこに立ちはだかっているもうひとりの聖ゲオルクがいた。道一杯に腕を拡げて微笑んでいる。さっきの青年と違って少し太っていた。

〈封筒をこちらによこしな。持っていることは分かっているんだ。〉

わたしは道に座り込んでしまった。もう立ち上がる元気もないほど膝の力が抜けてしまった。男は目玉をくりくり動かして言った。

〈なんだ。そんなつもりじゃなかったのに。冗談だよ。そんなに深刻に受け取られては困る。ちょっと腹が立ったからそう言っただけなんだから。旅行の予定について嘘ついただろう。だから腹が立ったんだ。それだけのこと。もういいよ。〉

それは事実だった。わたしはみんなに嘘の日程を話していた。別の島の名前まで言いふらしていた。が飛行場でゲオルクの親友にばったり会ってしまった時にはもう駄目だと諦めた。

〈さあ。立ち上がって。もういいよ。仲直りにエスプレッソでも飲みに行こう。〉男はわたしの腕を取って立ち上がらせわたしは厚みのある男の胸の肉に埋もれるようにして歩き始めた。ふいにユーカリの木の香りに包まれ驚いて顔を上げるとユーカリの木が一本わたしたちを見下ろすようにして道端に立っていた。これでいいのかもしれない。これでいいような気もする。もう封筒のことは忘れて成り行きにまかせてしまってもいい。

わたしたちが入ったのは郵便局の裏のカフェ・バーだった。入った途端に止まり木の男たちが一斉に振り返った。パパイヤ・リキュールの匂いが辺りにたちこめていた。

〈大変だったろう。〉

と言って男はわたしの肩に手をかけ耳たぶをしゃぶり始めた。すると男たちはわたしたちから一斉に目を逸らした。

〈大変と言うほどのことはなかったけれども……〉

〈寂しかっただろう。〉

〈島の人とよく話をしたから。それに仕事もあったし。〉

〈いい身分だな。〉

〈仕事は仕事だから。〉

〈もう心配ないよ。〉

〈いつかは最後まで訳そうと思っていたのだけれど。〉

〈いい身分だな。〉

〈今なんて言ったの?〉

〈君には無理だよ。でももう忘れた方がいい。〉

〈肩が凝ってしまって。〉

〈肩に力がはいっていない人はやさしいね。〉

〈時間がなかったから。〉

〈済んだことは仕方がない。〉

〈お手洗いに行く暇もないくらい忙しい朝で。本当に時間がなくて。〉

〈エスプレッソまだかな。〉

〈ちょっと失礼。〉

わたしは急におかしな情熱にぎゅっと胸を掴まれ立ち上がった。今しかない。まだ遅くはないかもしれない。今を逃したらもうどうにもならなくなる。

わたしはカウンターの裏の手洗い所へ行った。入ると蝿が一斉に汗ばんだ首筋にたかってきた。しつこくしがみつき汗を舐めそれでも足りないのか追い払っても追い払っても軽々と飛び上がって空中でひとつ円を描いてまた降りてきた。手洗い所の奥には予想どおり曇りガラスのはまった窓があった。窓を押してみると鍵はかかっていなかった。わたしはその窓から外へ這い出して上半身から先に下に落ちた。落ちたのはゴミためのようなところで腐った果物の皮がひやりとわたしを包み蠅が一斉に飛び立った。そこであわてて体を起こそうと速過ぎる動作をしたのがいけなかった。横向きに倒れて頭からやわらかい何かに突っ込んでしまいコールタールのような物質が髪の毛にねばりついて取ろうとすると指が黒くねばつくだけで取れなかった。しっかり足を踏ん張って立ち上がるだけの足場がなく立とうとするとどこもズブズブと沼のようなやわらかさで沈んでいってしまう。水に溶けかけた段ボールの間で堅いままの包装紙がガサガサ騒いだ。やっと立ち上がれたのは木箱がひとつ捨ててありそれに摑まることができたおかげだった。

ゴミためは郵便局の裏庭に続きそこを横切っていくと自転車置場があり自転車が一台とまっていてその横にヤシの木が一本立っていてその木の後ろに隠れるようにしてドアがあった。ドアには鍵がかかっていなかった。

郵便局の中は水びたしだった。ところどころに濁った水溜りができていてその中に薄茶色に汚れた紙切れがたくさん浮いていた。正面入口の近くでゴム長靴を履いたもうひとりの聖ゲオルクがフェンシングで使うような細い剣を使ってしきりと何かをつついていた。

その〈何か〉は赤茶気た色をして猫のように小さかった。汚水をはね上がらせながらそれは抵抗しているのか逃げようとしているのか敷物の切れ端のように形も定まらずあるいは生き物ではないのかもしれなかった。聖ゲオルクは退屈そうにいい加減に剣を動かしていたかと思うと急に歯を剝き出して夢中でつついたりした。聖ゲオルクは時々唸ったり歓声を上げたりしたがその〈何か〉は全く声を上げないのだった。それはもともと生き物ではないかもう死んでいるかどちらかであるらしかった。何も起こらなかった。もう何も起こりようがないように見えた。それなのに聖ゲオルクは勤勉に剣を動かし続けた。

〈局員はどこ?〉

とわたしは尋ねた。聖ゲオルクは手の動きを止めずにわたしを見ることもなく礼儀正しい口調で答えた。

〈家へ帰りました。〉

わたしは窓口の裏の切手箱を開けて中にある航空便や速達のシールを引っ搔き回してみたがそのうち自分が切手を捜していることに気がついた。切手はなかった。今すぐ封筒を送り届けなければならないのに切手がない。わたしは汚水の中でのたうちまわっている〈何か〉をもう一度見つめた。

〈それまさかわたしの肌じゃないでしょうね。〉

とわたしは尋ねた。すると聖ゲオルクは
〈まさか。〉

と朗らかに笑いながら上品に答えた。

その時わたしは恐ろしいことに気がついた。封筒が失くなっていた。わたしが手に握り締めているのは湿ったじゅうたんの切れ端で封筒ではなかった。わたしは切れ端を足元に捨ててあわてて裏庭に出た。ゴミためのの中でこんな物と取り違えてしまったらしい。ゴミために急いで駆け寄るとわたしの視界を遮るように誰かが立っていた。さっきの男がエスプレッソの入った小さなコーヒーカップを両手にひとつずつ持って立っていた。カップの中からは湯気がたちのぼっていた。

〈どうした。〉

さっきのやさしい声ではなく内に籠もった恐ろしい声だった。

〈どうして窓から外へ逃げた。〉

わたしはもう一度郵便局の方へ走り出した。言い訳をしてごまかせそうな事態ではなくなっていた。スタートを鋭く切ったつもりがその時くるぶしがクラックという音を立ててもう少しで転びそうになった。

〈転べ。〉

と後ろで太い声がした。わたしは転ばなかった。転ばないで郵便局の中へ駆け込んだ。さっきの聖ゲオルクはもういなかった。その代わり聖ゲオルクの立っていた場所の水の色が黒ずんだ紅色に変わっていた。わたしは水を跳ね返して正面のドアから外の通りに出た。靴が濡れて紐がほどけかけ今にもぬげそうになっていたがわたしには紐を結び直している暇はなかった。わたしは靴の紐がほどけたまま海の方向へ走り出した。

そちらの方向を選んだのは道が下り坂になるからだった。坂を駆け登る力はもうなくただ機械的に脚を右左右左と交互に出して坂を降りていった。そのうちまた砂浜に出てしまうだろう。それでも止まらなければ海が始まってしまいもう行きどまりになってしまう。左右を防波堤と宿泊施設に遮られ真っ直ぐに進むしかないわたしは海に入っていくしかなくなるかもしれない。そんなことはまさかしないだろうけれども。なぜならわたしは二十五メートルしか泳げないのだから。でもわたしは海へ入らずにそれからどこへ逃げるのだろう。それは海が目の前に現れてみなければ分からない。海まであとどのくらいあるのだろう。海は遠いのか遠くないのか。わたしはそんなことを考えながらどんどん坂を駆け降りていった。

作者から文庫読者のみなさんへ

多和田葉子

文庫本というのはカイロのようなもので、家を出る時にコートのポケットに入れておくとそこだけ変に暖かい。さわった時の紙の体温とやわらかさが好きだ。そう言えば、この間ロシア出身の作家が、「去年、東京へ行ったら、地下鉄の中で紙でできた本を読んでいる人が意外に多くて感動した」と言っていた。ハイテク一筋だと思われがちな日本に実は「紙の文化」や「文庫文化」が生き続けていることをわたしは密かに誇りに思っている。

群像新人賞に投稿した時、「かかとを失くして」はまだ「偽装結婚」という題名だった。「かかとを失くして」の方が題名としては断然いいが、「偽装結婚」の方がわたしの考えていたことの輪郭を正確にあらわしている。「かかとを失くして」というと、失いたくなかった何かを失って悲しんでいるように誤解される恐れがある。

わたしは二十二歳の時、ドイツの書籍取次会社に研修社員として就職してハンブルクに渡った。初めの頃は困惑することが多かったが、「国外に出た人間は、自分の根っこ《ルーツ》を失ってしまった可哀想な存在だ」などと考えたことは一度もない。むしろ、つまさきで立って高い塀の向こうを覗く時や、軽やかに立ち位置を変えている最中《さなか》、かかとは地についていない方がいいと思ったことさえある。

ところで、もしも「ニホンカモシカと結婚したいので日本永住権をください」と申請する人がでてきたら、日本の役人はどう対応するだろう。西洋では動物への性愛は同性愛と同様、旧約聖書にでてくるソドムの町で行われていたということで昔は「ソドミー」と呼ばれて大変な罪悪とみなされていた。今世紀に入ってからはそれが逆転し、同性愛についての発言が、ある政治家がどこまで人権や言論の自由を守るつもりがあるのかを計る物差しになった。二〇一一年、オバマ氏は選挙活動中に同性婚に賛成する発言を意識的に組み入れて、アメリカ大統領に再選された。二〇一三年、プーチン大統領は同性愛について肯定的に語ってはいけないという法律をつくった。もし日本にそんな法律ができれば、「犬婿入り」から「雪の練習生」までソドミーを称える小説を書いてきたわたしも逮捕されてしまう。考えただけで鳥肌がたつ。プーチン大統領の同性愛弾圧は国際的に大変な批判を浴びた。ナチスの例を見るまでもなく、同性愛が弾圧され始めるのは、民主主義そのものが弾圧される前触れなのである。石原慎太郎氏が、「同性愛者には遺伝的欠陥がある」と発言をしたことの意味も、そういう歴史の流れの中で捉えると分かりやすい。文庫化にあたって久しぶりに自作を読み返していて、そんなことを考えた。

題名のことに話を戻したい。「文字移植」の中で「わたし」がドイツ語から日本語に翻訳しているのは、Anne Dudenという作家の「Der wunde Punkt im Alphabet」という短編で、これをわたし流に日本語に訳すと「アルファベットの傷口」になる。この訳語に新鮮な驚きを感じ、単行本が出た時には題名にさせてもらった。ところが当時は雑誌にしか発表されていなかったアンネ・ドゥーデンの「アルファベットの傷口」がやがて彼女の作品集の題名になって刊行されたので、自分の作品の題名を当時、「文字移植」と改めた。

「傷」という方が「移植」というよりも肌に迫ってくるが、肉体の痛みを個人の物語として書き綴る意図はなく、むしろ移植作業への興味と期待にわくわくしていたので、実験的プロジェクトのにおいのする「文字移植」でいいだろうと思った。ちなみに「移植」の「移」の字は、「移民」とか「移動」と書く時にも使われるが、これはわたしの名字「多和田」の「多」に「和」の「のぎへん」をつけた不思議な字である。

〈かかと〉のない文学

解説　谷口幸代

1

二〇一三年秋、多和田葉子はハイネ・ハウスでジャズピアニストの高瀬アキと共演した。言葉と音の反響の中で、私は、初期作品から最近の作品まで通底する多和田文学の魅力について改めて思いをめぐらせていた。

会場のハイネ・ハウスはハイネの生家跡で、デュッセルドルフの中心部にある。石畳の通りに面した部分は書店として活用され、奥に文学、芸術、文化の催しのためのパフォーマンス・スペースが続く。そこでは背表紙を奥にして本が並べられた棚がひときわ目を引く。多和田は、街から街をめぐる紀行文的エッセイ集『溶ける街 透ける路』（日本経済新聞出版社、二〇〇七年）で、「これから読まれるべき無数のページが無数の溝になってこちらを見ている」と記す。

この日も、この本棚のインスタレーションを背にして多和田と高瀬のパフォーマンスが始まり、聴衆は言葉と音の出会いがもたらす刺激を体感した。たとえば、ハムレットの独白の「to be」を「とべ」と読んだ日本人の誤りから着想された詩「Hamlet No Sea」は、「読まれるべき無数のページ」の「無数の溝」から飛び出してきたような言葉が、ピアノの音とぶつかり合い、英語と日本語との境界を自在に飛び越えて躍動する。誤りが鮮やかに創造へと転調するパフォーマンスは、新たな文化形成をめざすハイネ・ハウスにまさにふさわしいものと思えた。会場には書店の飼い犬のグレイハウンドが座っていたが、ドイツでは「風の犬」（Windhund）と呼ばれるその犬が、犬というドイツ語（Hund）に反応するように頭を上げたのも楽しい即興だった。

2

デュッセルドルフに限らず、多和田葉子はドイツを拠点としながら世界各地に朗読会、パフォーマンス、シンポジウム等のために出かけている。絶えざる移動の中から多和田文学が生まれているといってよい。その原点をさかのぼれば、一九八二年に早稲田大学卒業と同時に日本を発ち、ドイツで先に作家活動が始まった。その後、一九九一年に「かかとを失くして」が群像新人文学賞を受賞して日本でもデビューを果たす。以降、日本語とドイツ語で、小説、詩、戯曲、ラジオ劇、エッセイ、批評とジャンルを横断しながら旺盛な創作活動を展開し、ドイツで出版された著書は二十三冊、日本で出版された著書は二十六冊を数える（二〇一四年二月現在）。ドイツ言語・文化アカデミーの会員でもある。こうした多和田の文学のありかたは、政治的理由や経済的理由等で亡命、移住した作家が移住先の言語で書くのとは異なる稀有なケースと位置付けられ、国家語や国民文学という固定した見方に変革をもたらす先鋭な文学と評価されている。

多和田文学に対する評価や注目度の高さは、受賞歴、翻訳、研究の状況などが端的に物語る。日本では、芥川賞、泉鏡花賞、伊藤整賞、谷崎潤一郎賞、野間文芸賞、読売文学賞、芸術選奨文部科学大臣賞と立て続けに受賞しており、日本以外でも、初めてドイツ語で書いた小説「Wo Europa anfängt」等を対象に一九九〇年にハンブルク市文学奨励賞を受けたのを皮切りに、レッシング奨励賞、シャミッソー賞、ゲーテ・メダル、エアランゲン文学賞の受賞が続く。このうちシャミッソー賞はドイツ語が母語ではないドイツ語作家を対象にしている。翻訳では、英語、フランス語、イタリア語、スウェーデン語、ノルウェー語、中国語など多様な言語に訳され、それぞれの言語圏で読者を得ている。

研究状況としては、多和田文学をめぐる国際シンポジウムが、スペイン、アメリカ、フランス、日本などで行われている。ダグ・スレイメイカー編『Yōko Tawada：Voices from Everywhere』（レキシントン・ブックス社、二〇〇七年）やクリスティーネ・イヴァノヴィッチ編『Yoko Tawada : Poetik der Transformation』（シュタウフェンブルク社、二〇一〇年）、オルトルート・グートヤー編『Yoko Tawada : Fremde Wasser』（コンクルスブーフ社、二〇一二年）といった国際論集も刊行され、ますます世界的に注目を集めている。

このように世界文学の先端を走り続ける作家の誕生を高らかに告げたのが、多和田の初期作品であった。本書に収録された初期作品三篇――「かかとを失くして」「三人関係」「文字移植」――も、「無数の溝」から噴出する言葉のマグマの刺激と愉楽に満ちている。

3

「かかとを失くして」は、主人公が異国の街に到着する一文から始まる。

九時十七分着の夜行列車が中央駅に止まると、車体が傾いていたのか、それともプラットホームが傾いていたのか、私は列車から降りようとした時、けつまずいて放り出され先にとんでいった旅行鞄の上にうつぶせに倒れてしまった。

夜行列車は、旅する身体を描く多和田文学において繰り返し登場する重要なモチーフとなる。その夜行列車で「私」は鉄道でのその街の玄関口である中央駅に到着する。動きを止めた列車とは対照的に、降りようとした「私」はいきなり躓き、転倒して、動きを止めようにも自分で自分を制御できない状況に投げ出される。

しかも、冒頭の一文では、「けつまずいて」以下に読点がないため、「放り出され」たのは「私」なのか、あるいは「私」の旅行鞄なのか、判断する決め手を欠く。つまり、文章の構造上でも「私」という主体は不安定な状況に置かれているのだ。ちなみに、本作のドイツ語訳「Fersenlos」（ペーター・ペルトナー訳、『Tintenfisch auf Reisen』収録、コンクスブーフ社、一九九四年）では、一人称の主語には躓く、転倒する、落ちる、を意味する動詞が続き、旅行鞄にかかる修飾は関係文で示されている。訳文の明確な構造は翻って日本語の原文の不安定性さをより鮮明にするだろう。

それにしても、「私」は一体どこの街の中央駅に到着したのだろうか。そして、どこからやって来たのか。「私」の到着を伝える冒頭の一文が九時十七分という妙に具体的な到着時刻から始まるのにもかかわらず、こうした事情が作中で説明されることはない。語られるのは、「私」が郷里から「遠い国」に、そこに住む夫との「書類結婚」のためにやってきたということだけだ。夫の家は「中央郵便局通り」という、どこにでもあるような、どこにもないような通りにある。敢えて特定できない異国を設定し、そこで異文化に直面する主人公のありようを描くがゆえに、幻想的でミステリアスな雰囲気を醸し出すとともに、すぐれて現代的で普遍的なテーマを獲得しているのだ。多和田は「言語の狭間」（『早稲田文学』、一九九九年三月号）で、異文化に投げ込まれて誤解を積み重ねながら文化の様相を見抜く「フィクションとしての異国人」に言及する。「私」もその一人だといえる。

したがって、駅に着いた途端、躓いて転倒し、自分の躓いた原因さえ即座に見極めることができない「私」の姿は、異なる文化に接触した際の衝撃や違和感を痛みとして身体に刻む存在と受け取ることができるだろう。実際、「私」はその後も街の習慣や風景に様々な戸惑いを覚える。転倒から立ち上がって初めて目に入った風景は見たこともない巨大な広告板だった。そこに貼られていた広告を剝がすと、朝食の卵立てと紅茶ポットの写真が現れる。それと同じものを夫の家で発見した「私」は、「この町では卵を縦に食べることが大切で、そのために、いわゆる卵立てという道具まで発明されているのだからまちがっても横に食べてはいけない」と列車の中で教わったことを思い出す。同じゆで卵でも、「私」はそれを旅行鞄に入れて持ってきていた。つまり、「私」は、日本でかつてそうであったように、ゆで卵を鉄道旅行での定番の食べ物とする共同体の習慣とともに、ドイツのように卵立てを用いて卵を食する文化圏に到着したことになる。

こうした日常的なエピソードの積み重ねを通して、ものの見方や価値観とそれを形成する文化的背景の関係性が提示される。九時十七分の到着時刻から始まり、夫の家がある中央郵便局通り十七番地、夫が用意した十七枚の寝巻き、病院の番号札の十七番、二分十七秒の平均入浴時間というように、この町では十七という数字が何かの基準であるかのように機能する。いっぽう、「私」は三個のゆで卵と三冊の帳面を携えてやってきた。十七と三という異なる数字にも「私」と夫が異なる文化に生きていることが暗示されているようだ。

それまで所属していた共同体とは異なる文化圏で「私」を異質な存在として浮き上がらせるのは、髪の毛や肌の色、言語の違いではない。〈かかと〉である。脇道で遊ぶ子どもたちは「私」の〈かかと〉に触れようとし、「私」は次第に自分の〈かかと〉に注がれる他者の視線を意識せざるを得なくなる。病院では〈かかと〉が欠けていると診断される。この欠けた〈かかと〉は、共同体の文化や習俗に馴染んで歩く基盤の欠落を示す。〈かかと〉を失くした「私」は子どもたちから「旅のイカさん」と歌いかけられる。姿を見せない夫の正体が明かされる結末まで、この小説にはイカが繰り返し登場する。夫がインクを「私」に注ぐ行為は、ドイツ語のイカ（Tintenfisch）がインク（Tinte）と魚（Fisch）をつなげた単語であることに由来するのだろうが、イカに異化が掛けられているとすれば、町の日常的な風景を異質なまなざしで見つめる「私」にこそ、異化の可能性が託されているのではないか。最後に「私」が夫から奪い返そうとする帳面はまだ白いままだが、既存の価値体系を挑発する新しい物語の予感を秘めている。

4

続く「三人関係」の「私」は〈三人関係〉を夢想する会社員だ。〈三人関係〉とは、「つかみどころがなく、ぼんやり、ゆったりとした関係。誰が誰と結びついているのか、わからないような関係」なのだという。「私」には萩という元恋人がいて、彼は「私」と出会う前に章子と付き合っていた。ありふれた恋愛小説であれば、こうした設定から過去の〈三角関係〉が回想される展開になるのかもしれないが、この小説では、「私」の中で〈三人関係〉のイメージが明確になるのは、「私」が萩と別れることで〈三角関係〉に展開し得た三者の関係性が解消された地点とされ、このことからも常套的な見方では解けない作品であることが窺える。

「つかみどころがない」という〈三人関係〉は、「私」が所属する課で大学生の川村綾子がアルバイトに雇われたことで、さらにつかみどころを失う。「私」と綾子は話している うちに作家山野秋奈の愛読者同士だとわかる。では、作家と二人の読者という三者を結ぶ関係が〈三人関係〉として輪郭を現わし始めるかといえばそうはならず、綾子は秋奈の夫で画家の稜一郎の教え子でもあり、加えて萩のいとこは稜一郎と親友だったとされ、萩、秋、綾、稜と名前の漢字がズレながら多様な〈三人関係〉の可能性が見え隠れする。

この小説が描くのは、こうした錯綜する人間関係が織りなす物語世界に引き込まれていく「私」の姿にほかならない。「他人の話なら、いくらでも作れそうな気がする」という「私」は、綾子から断片的な話を聞き、自ら物語を紡ぎ始める。綾子が稜一郎に恋心をいだいたことにしてはどうかと思い付き、それでは単なる〈三角関係〉にすぎないと思い直して、「もっと心の躍るようなストーリー」を夢想するのだ。綾子から細部に至るまで話を聞き、物語を思い描くことが、「私」の生活の中で重みを増していく。作家の秋奈や画家の稜一郎だけでなく、「私」もまた創造的な営為を行う人物なのだ。繰り返し複写機の前に立ち、原稿を載せるガラス板の中の世界に吸い寄せられる「私」は、いわば綾子の話を原稿にして〈三人関係〉の物語を複製する複写機と化す。

ただし、綾子の話と「私」の再現は、文字通りのオリジナルと複製という関係性ではとらえることができない。複写機としての「私」から生み出される物語は、読み進めていくうちに、一体どこまでが綾子の記憶によるもので、どこまでが「私」の想像、あるいは編集されたものなのか、判然としなくなる。綾子によれば、東京の北西部を走る古い私鉄の葉芹線に乗り、終点にある貝割礼駅に降りれば山野家は徒歩圏内だというが、「私」が東京の地図で鉄道網を調べてみても、不思議なことに探す路線は見当たらない。葉芹線、貝割礼駅、礼田巣公園――、食卓で見慣れているはずの野菜が、それぞれの名称に漢字が当てられた途端に見知らぬ街の風景を作り出し、物語の世界がさらに広がる。読み手は増殖する物語のページをめくり続ける。
「文字移植」が翻訳の創造性をテーマにしていることは冒頭の一文にも明らかだ。

においで、約、九割、犠牲者の、ほとんど、いつも、地面に、横たわる者、としての、必死で持ち上げる、頭、見せ者にされて、である、攻撃の武器、あるいは、その先端、喉に刺さったまま、あるいは……

「におい」と並ぶ平仮名の三文字を「匂い」と変換して嗅覚に関わるストーリーを思い浮かべそうになるが、「て」という文字が続き、その一文字で読み手が想像する文脈はあっさりと覆される。意味内容のつながりを考えようにも、読点で切断された日本語の断片がますます散乱していく。その後、一行空けて、「わたしは万年筆をナイフでも構えるように持ち替えて窓の外に目をやった。」以下、今度は一転して読点がない文章が続く。

5

この対照的な二種類の文体のうち、前者は「わたし」が試みている翻訳の文章で、「わたし」を視点人物として語る後者の地の文に、随時、挿入される。末尾に注記があるように、「わたし」は、聖ゲオルクのドラゴン退治を扱った「Der wunde Punkt im Alphabet」を作中で日本語に訳している。原作者のアンネ・ドゥーデンはドイツからイギリスに移住した後も、ドイツ語で書き続けている。後に多和田の『エクソフォニー』

（岩波書店、二〇〇三年）では、英語圏で敢えてドイツ語で書くことでドイツの歴史に責任をもとうとするドゥーデンの考え方が紹介されている。

「わたし」は、ドゥーデンの作品を翻訳するためにカナリア諸島を訪れているが、うまく作業を進めることができない。原文にあるアルファベットのOは言葉のマグマが噴出する噴火口となり、翻訳者の身体を脅かす。「わたし」は、翻訳とは〈向こう岸に渡すこと〉だという。これは、〈向こう岸に渡す〉というドイツ語の単語（übersetzen）が、分離動詞であるかないかの違いはあるが、翻訳することを意味する動詞と同じつづりであることに関連する。「わたし」は単語を〈向こう岸〉に渡している手ごたえを感じ、逆に全体はどうでもよいと感じる。また、翻訳とは、「言葉が変身し物語が変身し新しい姿になる」〈メタモルフォーゼ〉のようなものかもしれないとも思う。日本語のシンタックスを無視してドゥーデンの原文の語順通りに配列した「わたし」の翻訳は、確かな手ごたえをもって〈向こう岸〉へ投げられた言葉が見知らぬ生き物に変身して、安定した言語体系をかき乱す。

多和田はヘルダーリンが翻訳した「アンティゴネー」を読んだ時の感動にふれ、「翻訳の過程で、ばらばらになった言葉が、これまでに持っていなかった力を得て、反乱を起こし、もう文章という行列は作らないぞと暴れ回る現場を覗き込んだことのある人の目には、いわゆる上手な翻訳などというものは、大根畑のように退屈だ」(『カタコトのうわごと』青土社、二〇〇七年)と述べている。「わたし」の訳文はまさに言葉がパワフルに暴れ回る現場そのものではないか。どこまで行っても句点にたどり着かない文章は、個々の言葉が収束を拒絶しているようにも見える。

バナナ園や教会といった「わたし」の目に映る観光地・カナリア諸島の風景には、植民地の歴史の傷が刻まれ、経済産業の構造や力学をめぐる問題を提起する。聖ゲオルクが退治するドラゴンはキリスト教に対する異教徒を象徴しているともいわれる。切れ目のない地の文に挿入される「わたし」の翻訳は島の風景に亀裂を入れ、ドラゴンを呼び起こす力をもつ。多和田文学において翻訳者とは創造的な破壊行為者となる。

※

多和田は、「かかとを失くして」執筆当時を振り返り、〈かかと〉のない小説が書きたかったと語る。〈かかと〉のない文学とは、「つまさきが地についているからこそ、絶えずころびそうになっている文学」だと定義される(前掲『カタコトのうわごと』)。無論、「三人関係」も「文字移植」も〈かかと〉のない文学である。これらのラディカルな言語観・文学観に基づく新しい文学は、既成の読み方に安住しない〈かかと〉のない読み方へと読み手を誘ってやまない。

年譜

多和田葉子

一九六〇年（昭和三五年）
三月二三日、東京都中野区本町通四丁目に生まれる。父栄治、母璃恵子の長女。父は翻訳、出版、書籍輸入等の仕事をしていた。
一九六四年（昭和三九年）　四歳
妹の牧子が生まれる。
一九六六年（昭和四一年）　六歳
小学校入学直前に東京都国立市の富士見台団地に転居。四月、国立市立第五小学校入学。
一九七二年（昭和四七年）　一二歳
三月、国立市立第五小学校卒業。四月、国立市立第一中学校入学。
一九七五年（昭和五〇年）　一五歳
四月、東京都立立川高校入学。第二外国語としてドイツ語を選択。文芸部に入り小説を創作するほか、友人と同人誌「さかさづりあんこう」を発行する。
一九七七年（昭和五二年）　一七歳
秋、立川高校演劇祭で自作の戯曲を上演。
一九七八年（昭和五三年）　一八歳
三月、都立立川高校卒業。四月、早稲田大学第一文学部入学。専攻はロシア文学。在学中、同大学の語学研究所でドイツ語の学習を続けるほか、「落陽街」等の同人誌を発行。
一九七九年（昭和五四年）　一九歳
夏休みに一人で初めての海外旅行に出かけ

る。船でナホトカへ、さらにシベリア鉄道でモスクワへ行き、ワルシャワ、ベルリン、ハンブルク、フランクフルト等を訪れる。

一九八二年（昭和五七年）二二歳

三月、早稲田大学卒業。卒業論文はロシアの現代女性詩人ベーラ・アフマドゥーリナ論。二月、インドへ旅立つ。ニューデリー、ローマ、ザグレブ、ベオグラード、ミュンヘン等を経て、五月、ハンブルクに到着。以後、同市に在住。父の紹介で同市のドイツ語本の輸出取次会社グロッソハウス・ヴェグナー社に研修社員として就職。夜は語学学校に通う。

一九八五年（昭和六〇年）二五歳

一月、日本文学研究者ペーター・ペルトナー（当時ハンブルク大学講師、のちミュンヘン大学教授）に出会う。ドイツに来てから日本語で書いた作品が彼によってドイツ語に訳され始める。二月、チュービンゲン市の出版社コンクルスブーフ社の編集者クラウディア・ゲールケに出会う。詩のドイツ語訳を見せ、出版の企画が持ち上がる。以後、ドイツ語での著書はほとんど同出版社から刊行される。

一九八六年（昭和六一年）二六歳

一〇月、ハンブルク大学ドイツ文学科教授ジークリット・ヴァイゲル（のちチューリッヒ大学を経てベルリン文学研究所所長）のゼミに初めて参加する。

一九八七年（昭和六二年）二七歳

三月、グロッソハウス・ヴェグナー社を退社。一〇月、初の著書となる日本語（多和田）・ドイツ語訳（ペルトナー）併記の詩文集『Nur da wo du bist da ist nichts（あなたのいるところだけ何もない）』刊行。この年、ドイツで初めて朗読会を行う。以後、日本、ヨーロッパ各地、アメリカ等で朗読会を続け、パフォーマンスも含めて二〇一四年二月までに約九〇〇回に及ぶ。

一九八八年（昭和六三年）二八歳

二月、初めてドイツ語で短篇小説『Wo Europa anfängt』（ヨーロッパの始まるところ）を書き、後に「konkursbuch」二一号に発表。この年よりドイツ語の朗読も行う。

一九八九年（昭和六四年・平成元年）二九歳
日本語で書いた短篇小説をペルトナーがドイツ語に訳した作品が『Das Bad』（風呂）として刊行される。

一九九〇年（平成二年）三〇歳
一月、『Wo Europa anfängt』等によりハンブルク市文学奨励賞を受賞。八月、ドイツ語学・文学国際学会（ＩＶＧ）で劇作家ハイナー・ミュラーと能の関係を発表。この時、ミュラー本人に初めて会う。一〇月、オーストリアのグラーツ市で毎年開かれる芸術祭「シュタイエルマルクの秋」に初めて参加。このために『Das Fremde aus der Dose』（缶詰めの中の異質なもの）を執筆。修士論文執筆中の一一月、日本語で小説『偽装結婚』を書く。この作品を群像新人文学賞に応募。

一九九一年（平成三年）三一歳
五月、『かかとを失くして』（受賞発表時に改題）が第三四回群像新人文学賞を受賞。日本でのデビュー作となる。二作目の日本語作品『三人関係』を「群像」一二月号に発表。同作は三島由紀夫賞と野間文芸新人賞の候補になる。この年、ドイツでの二冊目の著書『Wo Europa anfängt』を刊行。

一九九二年（平成四年）三二歳
三月、日本での第一作品集『三人関係』（講談社）刊。『ペルソナ』を「群像」六月号に発表、第一〇七回芥川賞候補になる。『犬婿入り』を同誌一二月号に発表。富岡多恵子の短篇小説『とりかこむ液体』のドイツ語訳『Mitten im Flüssigen』等を「manuskripte」一一五号に発表。この年、ハンブルク大学大学院修士課程修了。修士論文はハイナー・ミュラーの『ハムレット・マシーン』論。

一九九三年（平成五年）　三三歳
二月、『犬婿入り』で第一〇八回芥川賞受賞。同月、短篇集『犬婿入り』（講談社）刊。『光とゼラチンのライプチッヒ』を「文學界」三月号に発表。四月、ドイツ語で執筆中の短篇小説『Ein Gast』（客）に対し、ニーダーザクセン基金から奨学金を受ける。九月、『アルファベットの傷口』（河出書房新社）刊（のち文庫化の際に『文字移植』と改題）。一〇月、初の戯曲『Die Kranichmaske, die bei Nacht strahlt』（夜ヒカル鶴の仮面）が「シュタイエルマルクの秋」で初演。
一九九四年（平成六年）　三四歳
『隅田川の皺男』を「文學界」一月号に、戯曲『夜ヒカル鶴の仮面』を「すばる」一月号に発表。『聖女伝説』を「批評空間」四月号から連載開始（一九九六年四月号完結）。エッセイ『モンガマエのツェランとわたし』を「現代詩手帖」五月号に発表。五月、ハンブルク市よりレッシング奨励賞が贈られる。短篇連作『きつね月』を「大航海」一二月号から連載開始（一九九七年一〇月号完結）。『犬婿入り』『かかとを失くして』『隅田川の皺男』のペルトナーの訳『Tintenfisch auf Reisen』（旅のイカ）刊。
一九九五年（平成七年）　三五歳
『無精卵』を「群像」一月号に、『ゴットハルト鉄道』を同誌一一月号に発表。後者は川端康成文学賞の候補になる。四月、ヴォルフェンビュッテル市のアカデミーで開かれた作家集会に招待される。以後、九年間に亘って参加し、ペーター・ウォーターハウスら様々な作家と知り合う。『雲を拾う女』を「新潮」一〇月号に発表。一一月、ゲーテ・インスティトゥートの招待でニューヨークに一週間滞在。初めてのアメリカ訪問となる。
一九九六年（平成八年）　三六歳
二月、バイエルン州芸術アカデミーからシャミッソー賞を日本人で初めて受賞。この賞はドイツ語圏以外の出身の作家によるドイツ語での文学活動に贈られる。五月、『ゴットハルト鉄道』（講談社）刊、女流文学賞の候補になる。訳編『ドイツ語圏の現役詩人たち』を「現代詩手帖」九月号から連載開始（一九九七年九月号完結）。ドイツでは作品集『Talisman』（魔除け）刊行。

一九九七年（平成九年）　三七歳

『チャンチィエン橋の手前で』を「群像」二月号に発表。八月～一〇月、カリフォルニアにあるユダヤ系亡命作家リオン・フォイヒトヴァンガーの旧宅にライター・イン・レジデンスで招かれる。『ニーダーザクセン物語』（単行本刊行時に『ふたくちおとこ』と改題）を「文藝」秋季号より連載開始（一九九八年夏季号完結）。一〇月～一一月、『無精卵』をもとにドイツ語で書いた戯曲『Wie der Wind im Ei』（卵の中の風のように）がグラーツとベルリンで上演され、朗読者として出演する。一一月、ベルリン芸術アカデミーのラジオドラマ週間に『Orpheus oder Izanagi』（オルフェウスまたはイザナギ）で参加。この年、詩文集『Aber die Mandarinen müssen heute abend noch geraubt werden』（でもみかんを盗むのは今夜でないといけないの意）刊行。

一九九八年（平成一〇年）　三八歳

長篇小説『飛魂』を「群像」一月号に発表。一月～二月、チュービンゲン大学で詩学講座を担当。講義内容は『Verwandlungen』（変身）に収められる。日独二ヵ国語の戯曲『Till』（ティル）が劇団らせん館とハノーバー演劇工房によって、四月にハノーバーで、一一月に東京等で上演される。エッセイ『ラビと二十七個の点』を「新潮」九月号に発表。この年、戯曲集『Orpheus oder Izanagi/Till』が刊行されたほか、翻訳では、『犬婿入り』『かかとを失くして』『ゴットハルト鉄道』の英訳『The Bridegroom was a Dog』（マーガレット満谷訳、講談社インターナショナル）刊。

一九九九年（平成一一年）三九歳
『枕木』を「新潮」一月号に発表。一月〜五月、マサチューセッツ工科大学にライター・イン・レジデンスで招待される。五月、日本での第一エッセイ集『カタコトのうわごと』（青土社）刊。八月、ワイマール市で開かれたゲーテ生誕二五〇年祭で「世界文学」という概念に関するパネル・ディスカッションに参加。八月〜九月、ハンブルク・マルセイユ姉妹都市交流でマルセイユに滞在。

二〇〇〇年（平成一二年）四〇歳
一月、ベルリンの日独文化センターでジャズピアニスト高瀬アキと初めての公演。以後、高瀬と組んで朗読と音楽の共演を続け、日本、ドイツ、その他ヨーロッパ各地、アメリカ等で公演する。三月、ドイツの永住権獲得。同月、短篇集『ヒナギクのお茶の場合』（新潮社）刊。長篇小説『Opium für Ovid』（オウィディウスのためのオピウムの意）が刊行され、その日本語版『変身のためのオピウム』を「群像」七月号より連載開始（二〇〇一年六月号完結）。八月、高瀬と下北沢アレイホールで公演。初の日本公演となる。同月、短篇集『光とゼラチンのライプチッヒ』（講談社）刊。戯曲『サンチョ・パンサ』を「すばる」一〇月号に発表。一一月、『ヒナギクのお茶の場合』で第二八回泉鏡花文学賞受賞。この年、博士論文『Spielzeug und Sprachmagie in der europäischen Literatur』（ヨーロッパ文学における玩具と言語魔術）が刊行される。これによりチューリッヒ大学（一九九八年までヴァイゲルが所属）で博士号を取得。またこの年から二年間文藝賞の選考委員をつとめる。

二〇〇一年（平成一三年）　四一歳

『容疑者の夜行列車』を「ユリイカ」一月号から連載開始（一二月号完結）。一月、イタリアのサレルノ大学に、二月～三月、ダブリン大学に招かれ、朗読会やワークショップを行う。三月、モスクワでの日露作家会議に出席。同月、ゲーテ・インスティトゥートの招きでソウルを訪問。四月、仏訳作品集『Narrateurs sans âmes』（魂のない語り手、ベルナール・バヌン訳、ヴェルディエ社）刊。六月～八月、バーゼルの文学館の招待で同市に滞在。九月、北京での日中女性文学シンポジウムに出席。一〇月、『変身のためのオピウム』（講談社）刊。

二〇〇二年（平成一四年）　四二歳

長篇小説『球形時間』を「新潮」三月号に、エッセイ『多言語の網』を「図書」四月号に発表。七月、『容疑者の夜行列車』（青土社）刊。一〇月、『球形時間』（新潮社）で第一二回Bunkamuraドゥマゴ文学賞受賞。一一月、セネガルのダカール市で開かれたシンポジウムに参加し、母語の外に出た状態をさす「エクソフォニー」という言葉と出会う。同月、ベルリンで行われたクライスト学会に出席。この時の発表は年鑑『Kleist-Jahrbuch 2003』に収録された。一二月、チュービンゲン大学で初めて自由創作のワークショップを行う。この年、翻訳、舌などのドイツ語が隠れた題名の作品集『Überseezungen』を刊行したほか、高瀬との共演がCD化（「diagonal」コンクルスブーフ社）される。翻訳では『Opium für Ovid』の仏訳『Opium pour Ovide』（バヌン訳、ヴェルディエ社）、英訳作品集『Where Europe begins』（スーザン・ベルノフスキー他訳、ニュー・ディレクションズ社）刊。

二〇〇三年（平成一五年）　四三歳

一月、Bunkamuraドゥマゴ文学賞の副賞としてパリのドゥマゴ文学賞授賞式に参加。四月、アメリカを訪れる。コロンビア大学等で朗読と講演。六月、『容疑者の夜行列車』で第一四回伊藤整文学賞を受賞。八月、エッセイ集『エクソフォニー』（岩波書店）刊。一〇月、『容疑者の夜行列車』で第三九回谷崎潤一郎賞を受賞。翻訳では『Das Bad』のイタリア語訳『Il bagno』（ペローネ・カパーノ訳、リポステス社）刊行。

二〇〇四年（平成一六年）　四四歳

この年で日本での在住期間とドイツでの在住期間が同じ二二年になる。群像新人文学賞の選考委員になる。長篇小説『旅をする裸の眼』を「群像」二月号に発表。ドイツでは同作と並行して執筆された『Das nackte Auge』（裸の眼の意）を刊行。二月〜三月、ケンタッキー大学のライター・イン・レジデンスとして招待される。期間中、同大学日本学科の主催で多和田文学をめぐるシンポジウムが開かれる。九月、チェーホフ東京国際フェスティバルにシンポジウムのパネリストとして参加。一一月、ドイツ文学基金の招待でライター・イン・レジデンスとしてニューヨークに滞在（二〇〇五年一月末まで）。一二月、「ユリイカ」増刊号で「総特集多和田葉子」が組まれ、『非道の大陸』の「第一輪スラムポエットリー」を発表。同月、『旅をする裸の眼』（講談社）を刊行する。

二〇〇五年（平成一七年）　四五歳

三月、ゲーテ・メダル受賞。「現代詩手帖」六月号より連載詩『傘の死体とわたしの妻』を発表（〜同年一一月号、二〇〇六年一月号〜七月号）。七月、スペインのカネット・デ・マール繊維大学で多和田葉子国際ワークショップが開催される。九月、『容疑者の夜行列車』の仏語訳『Train de nuit avec suspects』（バヌン訳、ヴェルディエ社）刊行。一一月、日独現代作家の朗読と討論の会

「出版都市TOKYO」にドイツ側の作家として参加。書き下ろしの小説『シュプレー川のほとりで』を「DeLi」一一月号に発表。

二〇〇六年（平成一八年）四六歳

短篇『時差』を「新潮」一月号に発表。一月七日から「日本経済新聞」朝刊にエッセイ『溶ける街　透ける路』の連載を開始（一二月三〇日まで）。二月、アメリカに滞在し、アリゾナ大学、ワシントン大学（シアトル）、エリオット・ベイ書店で朗読会。同月、戯曲『Pulverschrift Berlin』（粉文字ベルリン）がらせん館によりベルリンで初演。三月、ベルリンに転居。四月～六月、ボルドーに滞在。『最終輪　とげと砂の道』を「ユリイカ」八月号に発表して『非道の大陸』の連載完結。『レシート』を「新潮」九月号に発表。一〇月、ノルウェーのトロムソの文学祭に参加。同月、『傘の死体とわたしの妻』（思潮社）を刊行。一一月、作品集『海に落とした名前』（新潮社）、連載に書き下ろしの最終章を加えた『アメリカ　非道の大陸』（青土社）を、それぞれ刊行。

二〇〇七年（平成一九年）四七歳

三月、多和田葉子国際ワークショップが早稲田大学で開催される。同月、作品集『Sprachpolizei und Spielpolyglotte』（言語警察と多言語遊戯人）刊行。在日朝鮮人作家・徐京植との往復書簡『ソウル―ベルリン玉突き書簡』が「世界」四月号から連載（二〇〇八年一月号まで）。「現代詩手帖」五月号が「特集　多和田葉子　物語からの跳躍」を組む。九月、多和田文学をめぐる国際論集『Yōko Tawada：Voices from Everywhere』（ダグ・スレイメイカー編、レキシントン・ブックス社）がアメリカで刊行。一一月、東京で高瀬アキとパフォーマンス「飛魂Ⅰ」を公演。（「飛魂Ⅱ」を翌年公演）

二〇〇八年（平成二〇年）四八歳

短篇『使者』を「新潮」一月号に発表。三月～四月、セントルイスのワシントン大学にライター・イン・レジデンスで滞在。四月、カリフォルニア大学バークレー校で言語的越境作家とコスモポリタンの想像をテーマにした朗読会とシンポジウムに参加。四月、『犬婿入り』が東京で舞台化。六月末～七月、ストックホルムで開かれた作家と翻訳家の会議に出席。八月、ハノーファーのプロジェクトでヴァルスローデの修道院に滞在。九月、フィンランドに朗読旅行。同月、『Schwager in Bordeaux』（『ボルドーの義兄』ドイツ語版）刊行。

二〇〇九年（平成二一年）　四九歳

長篇『ボルドーの義兄』を「群像」一月号に、短篇『おと・どけ・もの』を「文學界」一月号にそれぞれ発表。二月にスタンフォード大学、三月から四月にかけてコーネル大学に滞在。四月、リンツでハンガリー人作家ラスロー・マルトンと朗読会。五月、トゥール大学で多和田葉子の国際コロキウム開催。同月、『飛魂』のポーランド語訳『Fruwająca dusza』（バーバラ・スロムカ訳、ヴィダニットファ・カラクテア社）、『旅をする裸の眼』の英訳『The naked eye』（ベルノフスキー訳、ニュー・ディレクションズ社）刊。七月、横浜開港一五〇周年記念企画のパフォーマンス「横浜発―鏡像」を高瀬アキと行う。八月、『ボルドーの義兄』の仏語訳『Le voyage à Bordeaux』（バヌン訳、ヴェルディエ社）刊。一一月、第二回早稲田大学坪内逍遙大賞受賞。同月、トルコ系ドイツ語作家エミーネ・エツダマらと名古屋市立大学の国際シンポジウムに参加。

二〇一〇年（平成二二年）　五〇歳

短篇『てんてんはんそく』を「文學界」二月号に発表。三月～四月、アメリカに滞在し、ミネソタ大学、ブラウン大学等で講義、朗読会、ワークショップを行う。四月〜六月、ドイツ、スイス、スウェーデン、フランス、日本で朗読や講義。七月、イギリス・イーストアングリア大学の文芸作品の翻訳に関するワークショップに招かれる。八月、国際論集『Yoko Tawada: Poetik der Transformation』(クリスティーネ・イヴァノヴィッチ編、シュタウヘンブルク社) 刊行。『祖母の退化論—雪の練習生 (第一部)』を「新潮」一〇月号に発表。以後、第二部『死の接吻』(一一月号)、第三部『北極を想う日』(一二月号) を同誌に発表し、『雪の練習生』完結。一一月、戯曲『さくら　の　その　にっぽん』がイスラエルのルティ・カネルの演出により東京で初演。一一月、詩集『Abenteuer der deutschen Grammatik』(ドイツ語の文法の冒険) 刊行。

二〇一一年 (平成二三年)　五一歳

『雲をつかむ話』を「群像」一月号より連載開始 (二〇一二年一月号まで)。二月、書き下ろしの戯曲『カフカ開国』がらせん舘によりベルリンで上演される。三月、ミュンヘンでシャミッソー賞受賞作家の催しに参加。六月、ハンブルクで詩学講座を行う。多和田文学に関するシンポジウムも併せて開かれる。七月、雑誌「TEXT + KRITIK」で多和田特集が組まれる。九月、初めてオーストラリアを訪れ、メルボルン大学やモナシュ大学等で朗読会。同月、東京大学で集中ゼミを担当。一一月、『尼僧とキューピッドの弓』(講談社) で第二一回紫式部文学賞受賞。一二月、『雪の練習生』(新潮社) で第六四回野間文芸賞受賞。

二〇一二年 (平成二四年)　五二歳

一月、出演した映画「Unter Schnee」(雪の下で、ウルリケ・オッティンガー監督) がベルリンで上演される。短篇『鼻の虫』を「文學界」二月号に発表。三月、ソルボンヌ大学に滞在。滞在中に開催されたパリ書籍見本市で東日本大震災一年後の日本は特別招待国となり、大江健三郎、島田雅彦らと共に招かれる。四月、ミンスクで朗読会。六月、ゲッティンゲンで多和田文学の他言語性とメディア性をテーマにシンポジウムが開かれる。七月、ミドルベリー大学にライター・イン・レジデンスで滞在。同月、二〇一一年にハンブルクで行われた詩学講座とシンポジウムをまとめた『Yoko Tawada：Fremde Wasser』（オルトルート・グートヤール編）刊行。八月末から九月にかけて中国を訪れ、清華大学、東北師範大学、吉林大学、北京の国際ブックフェア等で朗読会やシンポジウムに参加。九月、『雪の練習生』の中国語訳『雪的练习生』（田肖霞訳、吉林文史出版社）が刊行される。一〇月、パリやシュトゥットガルトで朗読会。一一月、香港のゲーテ・インスティトゥート主催セミナーと朗読会に参加。同月、東京、新潟等で高瀬アキとパフォーマンスを行う。

二〇一三年（平成二五年）　五三歳

一月、『容疑者の夜行列車』の中国語訳『嫌疑犯的夜行列车』（田肖霞訳、吉林文史出版社）刊行。『雲をつかむ話』で、二月に第六四回読売文学賞、三月に平成二四年度芸術選奨文部科学大臣賞を受賞。二月、東京大学でロシア文学者の沼野充義と対談。三月、初の戯曲集『Mein kleiner Zeh war ein Wort』（私の小指は言葉だった）がドイツで刊行される。二月から三月、渡米し、フロリダ州立大学等で朗読会やシンポジウムに参加。四月、フランスの国境フェスティバルやベネチアの国際文学祭に参加。八月、戯曲『動物たちのバベル』（「すばる」八月号）が、イスラエルのモニ・ヨセフが提唱する国際バベル・プロジェクトのアジア・バージョンとしてシアターXで上演される。同月、芦屋市谷崎潤一郎記念館で講演。この時、らせん館によって戯曲『夕陽の昇るとき』が上演される。同月、エアランゲン文学賞を受賞。九月、ウクライナの国際詩人祭に参加。同月、デュッセルドルフで高瀬アキとパフォーマンス。一一月、名古屋市立大学でドイツ語圏越境作家のシンポジウムに参加。同月、早稲田大学やシアターXで高瀬アキとパフォーマンス。一二月、『言葉と歩く日記』（岩波書店）刊行。

二〇一四年（平成二六年）　五四歳

一月、クラクフで朗読会等に参加する。『韋駄天どこまでも』を「群像」二月号に発表。『ミス転換の不思議な赤』を「文學界」、『白熊の願いとわたしの翻訳覚え書き』を「新潮」の各三月号に発表。

参考資料
多和田葉子「年譜」（『芥川賞全集16』平14・6　文藝春秋）
「多和田葉子自筆年譜」（「ユリイカ」36巻14号）
多和田葉子公式ウェブサイト
http://yokotawada.de/?page_id=22

（谷口幸代編）

著者

著書目録

多和田葉子

【単行本】

Nur da wo du bist da ist nichts（『あなたのいるところだけ何もない』） 昭62 Konkursbuchverlag

Das Bad 平元 Konkursbuchverlag

Wo Europa anfängt 平3 Konkursbuchverlag

三人関係 平4・3 講談社

Das Fremde aus der Dose 平4 Literaturverlag Droschl

犬婿入り 平5・2 講談社

アルファベットの傷口 平5・9 河出書房新社

Ein Gast 平5 Konkursbuchverlag

Die Kranichmaske, die bei Nacht strahlt 平5 Konkursbuchverlag

Tintenfisch auf Reisen 平6 Konkursbuchverlag

Tabula rasa（『タブラ・ラサ』） 平6 Steffen Barth

ゴットハルト鉄道 平8・5 講談社

聖女伝説 平8・7 太田出版

Talisman 平8 Konkursbuchverlag

Aber die Mandarinen müssen heute abend noch geraubt werden　平9　Konkursbuchverlag

Wie der Wind im Ei　平9　Konkursbuchverlag

きつね月　平10・2　新書館

飛魂　平10・5　講談社

ふたくちおとこ　平10・10　河出書房新社

Orpheus oder Izanagi/Till　平10　Konkursbuchverlag

Verwandlungen（講義録）　平10　Konkursbuchverlag

カタコトのうわごと　平11・5　青土社

ヒナギクのお茶の場合　平12・3　新潮社

光とゼラチンのライプチッヒ　平12・8　講談社

Opium für Ovid　平12　Konkursbuchverlag

Spielzeug und Sprachmagie in der europäischen Literatur（博士論文）　平12　Konkursbuchverlag

変身のためのオピウム　平13・10　講談社

球形時間　平14・6　新潮社

容疑者の夜行列車　平14・7　青土社

Überseezungen　平14　Konkursbuchverlag

エクソフォニー　平15・8　岩波書店

旅をする裸の眼　平16・12　講談社

Das nackte Auge　平16　Konkursbuchverlag

Was ändert der Regen an unserem Leben? oder ein Libretto　平17　Konkursbuchverlag

傘の死体とわたしの　平18・10　思潮社

妻

海に落とした名前 平18・11 新潮社

アメリカ 非道の大陸 平18・11 青土社

溶ける街 透ける路 平19・5 日本経済新聞社

Sprachpolizei und Spielpolyglotte 平19 Konkursbuchverlag

ソウル—ベルリン 玉突き書簡＊ 平20・4 岩波書店

Schwager in Bordeaux 平20 Konkursbuchverlag

ボルドーの義兄 平21・3 講談社

尼僧とキューピッドの弓 平22・7 講談社

Abenteuer der deutschen Grammatik 平22 Konkursbuchverlag

うろこもち Das Bad（新装版） 平22 Konkursbuchverlag

雪の練習生 平23・1 新潮社

雲をつかむ話 平24・4 講談社

Fremde Wasser＊ 平24 Konkursbuchverlag

言葉と歩く日記 平25・12 岩波書店

Mein kleiner Zeh war ein Wort 平25 Konkursbuchverlag

【文庫】

犬婿入り（解＝与那覇恵子） 平10・10 講談社文庫

文字移植（解＝陣野俊史） 平11・7 河出文庫

ゴットハルト鉄道（解＝室井光広 年・著） 平17・4 講談社文芸文庫

旅をする裸の眼（解＝谷口幸代） 平20・1 講談社文庫

エクソフォニー 母 平24・10 岩波現代文庫

語の外へ出る旅（解＝リービ英雄）

飛魂（解＝沼野充義　年・著＝谷口幸代）　平24・11　講談社文芸文庫

尼僧とキューピッドの弓（解＝松永美穂）　平25・7　講談社文庫

雪の練習生（解＝佐々木敦）　平25・12　新潮文庫

＊は共著を示す。【文庫】の（　）内の略号は、解＝解説、年＝年譜、著＝著書目録を示す。

（作成・谷口幸代）

【初出】
かかとを失くして　「群像」　一九九一年六月号
三人関係　「群像」　一九九一年一二月号
文字移植（アルファベットの傷口）『ブックTHE文藝』　一九九三年三月

【底本】
かかとを失くして／三人関係　『三人関係』（一九九二年三月　講談社刊）
文字移植　『文字移植』（一九九九年七月　河出文庫刊）

かかとを失《な》くして　三人関係《さんにんかんけい》　文字移植《もじいしょく》
多和田葉子《たわだようこ》

二〇一四年四月一〇日第一刷発行
二〇一九年八月　九　日第四刷発行

発行者——渡瀬昌彦
発行所——株式会社　講談社
東京都文京区音羽2・12・21　〒112-8001
電話　編集（03）5395・3513
販売（03）5395・5817
業務（03）5395・3615

デザイン——菊地信義
印刷——豊国印刷株式会社
製本——株式会社国宝社
本文データ制作——講談社デジタル製作
©Yoko Tawada 2014, Printed in Japan
定価はカバーに表示してあります。

落丁本・乱丁本は購入書店名を明記のうえ、小社業務宛にお送りください。送料は小社負担にてお取替えいたします。なお、この本の内容についてのお問い合せは文芸文庫（編集）宛にお願いいたします。
本書のコピー、スキャン、デジタル化等の無断複製は著作権法上での例外を除き禁じられています。本書を代行業者等の第三者に依頼してスキャンやデジタル化することはたとえ個人や家庭内の利用でも著作権法違反です。

講談社
文芸文庫

ISBN978-4-06-290227-4

太宰 治	男性作家が選ぶ太宰治	編集部——年
太宰 治	女性作家が選ぶ太宰治	
太宰 治	30代作家が選ぶ太宰治	編集部——年
田中英光	空吹く風｜暗黒天使と小悪魔｜愛と憎しみの傷に 田中英光デカダン作品集 道籏泰三編	道籏泰三——解／道籏泰三——年
谷崎潤一郎	金色の死 谷崎潤一郎大正期短篇集	清水良典——解／千葉俊二——年
種田山頭火	山頭火随筆集	村上 護——解／村上 護——年
田村隆一	腐敗性物質	平出 隆——人／建畠 晢——年
多和田葉子	ゴットハルト鉄道	室井光広——解／谷口幸代——年
多和田葉子	飛魂	沼野充義——解／谷口幸代——年
多和田葉子	かかとを失くして｜三人関係｜文字移植	谷口幸代——解／谷口幸代——年
多和田葉子	変身のためのオピウム｜球形時間	阿部公彦——解／谷口幸代——年
多和田葉子	雲をつかむ話｜ボルドーの義兄	岩川ありさ—解／谷口幸代——年
近松秋江	黒髪｜別れたる妻に送る手紙	勝又 浩——解／柳沢孝子——案
塚本邦雄	定家百首｜雪月花(抄)	島内景二——解／島内景二——年
塚本邦雄	百句燦燦 現代俳諧頌	橋本 治——解／島内景二——年
塚本邦雄	王朝百首	橋本 治——解／島内景二——年
塚本邦雄	西行百首	島内景二——解／島内景二——年
塚本邦雄	秀吟百趣	島内景二——解
塚本邦雄	珠玉百歌仙	島内景二——解
塚本邦雄	新撰 小倉百人一首	島内景二——解
塚本邦雄	詞華美術館	島内景二——解
塚本邦雄	百花遊歴	島内景二——解
辻 邦生	黄金の時刻の滴り	中条省平——解／井上明久——年
辻 潤	絶望の書｜ですぺら 辻潤エッセイ選	武田信明——解／高木 護——年
津島美知子	回想の太宰治	伊藤比呂美—解／編集部——年
津島佑子	光の領分	川村 湊——解／柳沢孝子——案
津島佑子	寵児	石原千秋——解／与那覇恵子—年
津島佑子	山を走る女	星野智幸——解／与那覇恵子—年
津島佑子	あまりに野蛮な 上・下	堀江敏幸——解／与那覇恵子—年
津島佑子	ヤマネコ・ドーム	安藤礼二——解／与那覇恵子—年
鶴見俊輔	埴谷雄高	加藤典洋——解／編集部——年
寺田寅彦	寺田寅彦セレクション Ⅰ 千葉俊二・細川光洋選	千葉俊二——解／永橋禎子——年
寺田寅彦	寺田寅彦セレクション Ⅱ 千葉俊二・細川光洋選	細川光洋——解

▶解=解説 案=作家案内 人=人と作品 年=年譜を示す。 2019年8月現在